Le Sens de la Vie
(expliqué aux futurs morts)

Yves Desvaux Veeska

Le Sens de la Vie
(expliqué aux futurs morts)

TEXTES NEUFS ET D'OCCASION
1989 - 2020

© 2020, Yves Desvaux Veeska
23 rue Pasteur
92250 La Garenne-Colombes (France)
+33 6 61 54 46 13
yvesdesvauxveeska@orange.fr

Édition : BoD – Books on Demand
12/14 rond-point des Champs-Élysées, 75008 Paris
Impression : BoD - Books on Demand, Norderstedt, Allemagne

Numéro ISBN 9782322203765
Dépôt légal : mars 2020

Le sens de la vie ?
Vous ne pouvez pas vous tromper :
c'est par là, tout droit, il y a la mort au
bout.

Ces textes parfois inédits, parfois non, sont reliés entre eux par une logique approximative car en prise directe avec le réel. Si votre humeur est souvent changeante, avec des hauts et des bas, pas toujours explicables, si vos pensées passent volontiers du coq à l'âne, si le sens de la vie ne vous saute pas aux yeux tous les jours, vous trouverez dans cette lecture de nouvelles raisons de désespérer sans drame.

UNE VIE PAISIBLE

Demain, sans faute, je commence mon traité
en dix volumes sur la procrastination.

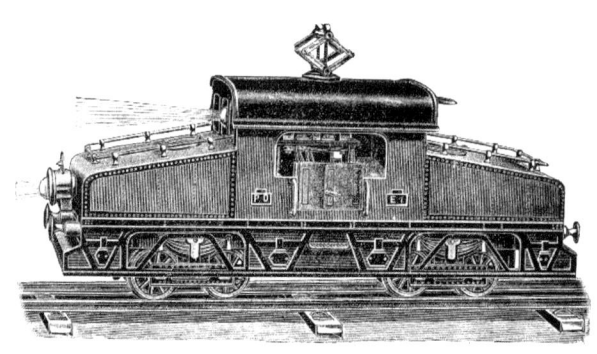

GRILLE-PAIN BLUETOOTH 5G
(ILLUSTRATION NON CONTRACTUELLE)

DIMANCHE MATIN

Une vie paisible, discrète, même terne, ne me fait pas peur. Et j'ai presque réussi à vivre une telle vie. Je n'ai pas bâti le viaduc de Millau, je n'ai pas conçu l'Airbus A380. Je n'ai pas été élu Président de la République. J'ai même su ne produire aucun chef-d'œuvre d'aucune sorte à ma connaissance. Il n'y a rien de grand que je ne sois parvenu à éviter de faire. Peu de gens auront vécu une vie aussi dépourvue de relief que la mienne. L'histoire est remplie de géants qui bouleversent le destin des peuples : Napoléon, Gandhi, Antoine Pinay, Brad Pitt. Parmi ces agités hyperactifs, qui peut se mesurer à moi ? À mon calme que rien ne peut ébranler sinon, parfois, la déception de ne pas trouver une place où me garer. Parce que je suis très sensible. Très sensible au code de la route notamment et je ne me gare que sur les emplacements autorisés. Je crois pouvoir dire que depuis ma naissance jusqu'à aujourd'hui, j'ai pu réaliser tous les rêves de ma vie. J'avais envie d'un grille-pain pour le petit-déjeuner : je me suis acheté un grille-pain. Etc. Je sais que certains, avec le même esprit de décision, vont s'endetter pour acquérir sur un coup de tête telle entreprise qui fabrique entre autres choses des grille-pains avec dix-mille salariés, pour la revendre quelques mois plus tard en pièces détachées, en la secouant au passage pour faire tomber les salariés en trop, mais moi aussi je secoue mon grille-pain pour en faire tomber les miettes, alors ? Pour acheter un simple grille-pain parmi dix offres tentantes, dans une large gamme de prix et de présentations, je mets finalement beaucoup de moi-même, et n'est-ce pas fascinant quelque part, une telle conscience du présent ? J'ai eu quelques difficultés à garer mon grille-pain dans ma cuisine, mais même cette difficulté, je l'ai surmontée.

Cette vie exceptionnellement inintéressante, il ne fait pas de doute qu'elle mériterait d'être racontée, pour illustrer le mystère de la destinée humaine dans la première décennie du XXIe siècle dans un vieux pays en crise prospère. Mais ne comptez pas sur moi pour ça, parce qu'à l'heure où j'écris, c'est dimanche matin, il fait beau, je suis sur une chaise longue sur mon balcon, tout est calme, et j'en profite, et profitez-en.

SELF-MADE-MAN

Homme qui s'est fait tout seul à partir d'un spermatozoïde et d'un ovule emprunté à ses parents.

(Attention : l'expression « s'être fait tout seul à la force du poignet » n'évoque pas les branleurs, contrairement à ce que l'on pourrait croire.)

TRÈS IMPORTANT

Comme un pare-chocs en chair, mes bras sont croisés sur mon ventre. Une épidermique sensation de froid court sur moi, facile à contenir dans mes habits, dans ma maison.

Je pourrais être malheureux, mais je suis heureux. Ou le contraire.

Quelques minutes se recroquevillent autour de moi, chacune comme une case avec un sentiment distinct, exprimant le souci d'organisation d'une âme sensible. Je me sens une vocation de poète administratif, factotum discret de la bibliothèque de Babel, et de si peu d'importance que personne ne pense à me reprocher d'être inutile, de gaspiller des mots qui s'émiettent, et tombent, sans bruit, de rayonnages en rayonnages, où se voient mollement poussés par des courants d'air qui n'enrhument que moi.

Je suis assis dans un fauteuil, je ne fais rien de spécial, c'est tout ce que je voulais dire.

PORTE-SAVON (ET DESTINÉE)

Porte-savon. Le Porte-Savon. Un objet inusable, qui survit à celui qui l'a acheté. Un objet modeste, en plastique ou en métal plastifié, anonyme et discret. Peut-être a-t-il été honoré un jour de l'intérêt accessoire de celui qui l'a élu dans le rayonnage d'une quincaillerie : — « De cette couleur-ci ? De cette forme-là ? En plastique ou en métal ? Plat ou avec des pieds ? »

Un cerveau a fonctionné sérieusement pour se poser ces questions : — « à 3,50 € ou 5,90 € ? » Et puis ce porte-savon s'est peut-être reflété dans le regard vide d'une personne se prélassant dans son bain, et depuis longtemps décédée. Il est peut-être tombé derrière le meuble sous-lavabo et a déclenché une satisfaction réelle d'avoir été rattrapé après un effort de contorsion habile.

Je me souviens d'un porte-savon en plastique vert pâle qui a connu une longue carrière dans mon enfance comme bloqueur de bouchon de bonde pour pallier l'absence d'une chaînette jamais remplacée. Près de quarante ans à remplir un office pour lequel il n'a été ni conçu ni acheté. Quelle souplesse et quelle fermeté à la fois ! Mais aussi l'étrangeté du destin !

Est-il possible que l'on se réincarne en objet ? En porte-savon par exemple ? De quelle personnalité exceptionnelle et méconnue ce porte-savon pourrait-il avoir saisi l'âme ? Cet objet-là témoigne de bien des vertus. La fidélité, et cette capacité d'être l'assistant ferme et tenace de l'objet le plus glissant, le plus insaisissable qui soit, et en plus éphémère : le savon. Quel bel exemple de complémentarité. Parce que le savon fait un couple formidable avec le porte-savon. Que serait le porte-savon sans le savon ? Qui l'aurait jamais sorti du néant des objets incréés ? Qui n'a jamais essayé de se laver avec un porte-savon dépourvu de savon ? Et puis, c'est tellement moins cher qu'un porte-avions, pour un usage tellement plus pacifique.

EN APARTÉ

Dans certains pays, il y a beaucoup de piscines privées. Dans d'autres, il y a pénurie d'eau potable. Preuve que la loi du marché est équitable : parce que l'eau des piscines n'est pas potable de toute façon.

YVESDESVAUXVEESKALAND-PARIS

Certains prétendent qu'il s'agit purement et simplement d'un studio tout bête avec dedans un monsieur qui écrit et fait de la peinture. D'autres soutiennent qu'il s'agit du plus grand, ou du plus petit, enfin là n'est pas le problème, qu'il s'agit d'un parc d'attractions français mondialement inconnu qui s'étend sur 39 m^2, au troisième étage, fond du couloir, d'un immeuble situé à la Garenne-Colombes.

En attendant, tandis que le challenger américain d'YvesDesvauxVeeskaLand-Paris, « Disneyland-Paris » (pas très original comme dénomination) se trouve repoussé en grande banlieue à Marne-la-Vallée, YvesDesvauxVeeskaLand-Paris bénéficie d'une implantation à cinq minutes de la Défense. La prolongation exclusive de la ligne de métro N°1 est venue dès son ouverture en septembre 1991 compléter la desserte de ce grand parc d'attractions unipersonnel que cinq minutes de vélo relient au grand centre d'affaires.

Si Disneyland-Paris a pu connaître des difficultés qui se chiffrant en milliards de pertes, YvesDesvauxVeeskaLand-Paris rapporte plusieurs milliers d'euros par an à son promoteur, carrément de quoi le faire vivre. Les actionnaires de Disneyland-Paris n'en sont pas là, qui contemplent mélancoliquement leurs mauvaises actions avec lesquels ils ont peu pris de plaisir, petits épargnants malheureux face aux clients d'YvesDesvauxVeeskaLand-Paris qui, avec beaucoup moins de sous, jouissent régulièrement des productions de son esprit dont la vertu singulière est d'être, elle, à l'abri des fluctuations de la Couille, pardon, de la Bourse.

Depuis son ouverture en 1991, des dizaines de personnes ont déjà visité YvesDesvauxVeeska-Land-Paris, et il est possible que d'autres, toujours plus ou moins nombreux, suivent. Disneyland-Paris, pour sa part, se refuse à communiquer ses résultats, mais d'ailleurs ça intéresse qui ?

L'histoire d'YvesDesvauxVeeskaLand-Paris n'a pas fini de faire rêver les sept milliards de personnes qui n'auront jamais l'occasion d'y passer, enfin je leur demande de faire un détour, sinon il n'y a plus moyen d'être chez soi.

EN APARTÉ

Un enfant qui meurt de faim dans un pays pauvre ne représente pas une perte pour l'économie mondiale. Ce n'est pas un consommateur qui meurt : aussi, les lois du marché n'en souffrent pas.

CARTE POSTALE
HUMANITAIRE DE VENISE

DIMANCHE 26 JUIN

Ma femme et moi nous sommes partis au début de l'été en mission humanitaire à Venise où de nombreuses ethnies - des français, des allemands, des américains, des italiens voire même des vénitiens - s'affrontent dès la sortie de l'aéroport. Après avoir pris d'assaut un bus grâce aux renseignements fournis par un agent secret en tailleur rouge qui brandissait discrètement dans l'aérogare une pancarte avec le logo confidentiel de notre agence de voyages, nous avons embarqué dans un vaporetto surchargé de boat-people plutôt bien habillés et gais en général. La ville est calme et notre mission s'annonce bien. Nous aussi, nous aurons peut-être le temps de faire du tourisme.

LUNDI 27 JUIN

Ce matin, nous avons déambulé dans les rues au hasard. J'ai été déçu de ne trouver aucun pub irlandais. Pourtant, avant de partir en mission, j'avais lu plusieurs guides qui en parlaient avec chaleur. Bien sûr, c'étaient des guides sur l'Irlande, mais les éditeurs pourraient tenir compte des changements de destination qu'on peut faire. Cette mentalité bureaucratique ! J'écris du café où nous avons déjeuné. A défaut d'un bon petit welch irlandais, une pizza salade aurait été l'idéal, mais on nous a servi pizza plus sandwich à cause d'un défaut de prononciation : les problèmes de communication sont terribles ici. Mon épouse a tenté en vain de se procurer un lexique franco-italien, mais il y a une sorte de couvre-feu et tous les magasins sont fermés aux alentours de midi.

Cet après-midi, sur la foi d'un bulletin de renseignements confidentiel (au titre sibyllin : « Lonely Planet du Routard Michelin ? »), nous avons pu risquer l'approche d'un monument connu par ici et sponsorisé, semble-t-il, par une grande marque de lessive : la basilique Saint-Marc. 4000 m^2 de mosaïque sont entreposés là, extrêmement bien rangés sur les parois et formant même d'élégants motifs publicitaires en faveur d'une religion locale. Il semble que ce monument fasse l'objet d'une lutte sévère entre l'ethnie des Turistas et celle des catolicos praticantes. Ces derniers sont confinés dans une étroite poche de résistance protégée par une pancarte en plusieurs langues : « réservé à la prière ».

Nous avons pu également visiter le principal camp de regroupement et de transit des populations touristiques déplacées, la place Saint-Marc. Confirmant les rumeurs, ce lieu-dit est vraiment envahi de pigeons. Le pigeon local a un plumage gris foncé. Les autres, d'une taille nettement supérieure mais trop lourds pour décoller du pavé, sont reconnaissables à leurs shorts et à leurs bermudas colorés. Dans le cœur historique de Venise, les autochtones font assez peu de différence entre leurs oiseaux et leurs touristes familiers. Des orchestres servent à attirer ces derniers autour de nichoirs composés de tables et de chaises où ils peuvent boire, picorer ou roucouler en diverses langues, sans violence apparente.

Au-delà des zones consacrées au tourisme forcé à perpétuité, reconnaissables à leur culture intensive du cliché, à leurs cortèges tragiques de chairs atrocement bronzées, aux smartphones brandis à tous les carrefours, des quartiers de Venise conservent une apparence civilisée. Les shorts et les baskets efficaces des diverses ethnies touristiques cèdent le pas à l'élégance urbaine des vénitiennes, on croise même des gens qui semblent ne pas vivre du tourisme, espèce le plus souvent âgée, résiduelle et peut-être protégée.

L'envoyé spécial parachuté sur Venise doit éviter comme la peste le syndicat d'initiative, officine téléguidée par une faction collaborationniste locale pour canaliser les populations touristiques déplacées vers les lieux sévèrement contrôlés où des instructeurs, dénommés aussi « guides » sont chargés de faire admirer les curiosités admirables. Tout, hélas, est si artistique ici qu'on a du mal à y échapper. Hélas encore, quoiqu'elles fassent et où qu'elles aillent, les populations touristiques déplacées paraissent toujours déplacées. C'est la loi d'airain de Venise : Tu Feras du Tourisme à la Sueur de Ton Front.

Même au plus fort de la mitraille, quand on doit se frayer un chemin entre les tirs croisés des pizzerias et des marchands de souvenirs, bousculé dans le piétinement des forces touristiques qui montent à l'assaut ou bien refluent de tel ou tel bastion artistique incontournable, il arrive cependant qu'une porte dérobée, trou sombre au cœur des éclats d'obus, pardon des abus d'éclats, révèle soudain un refuge où reprendre souffle quelques instants. Vous pénétrez quand vous n'y croyez plus dans la nef majestueuse et fraîche d'une église trop pauvre pour la région, avec tout juste un seul Bellini, ou un seul Titien, vous pensez, et protégée par cette pauvreté de la voracité des autocars pédestres que forment les groupes à peine démoulés de leur véhicule, Nikon ou Canon au poing.

Les siècles passés ont apporté à Venise des constructeurs de basiliques et de palais, des Giorgione, des Tintoret. Les dernières décennies ont ajouté marchands de glaces et de paninis, avec un peu de Mostra et de Biennale pour la clientèle moyenne-supérieure et supérieure. Ainsi les pages d'histoire s'ajoutent-elles les unes aux autres. Au fil de ces observations, il reste cependant difficile de se faire une idée de Venise tant les conflits y sont à l'heure actuelle paradoxaux. Victime d'un bombardement touristique intensif depuis des décennies, voire des siècles, une grande partie de la population collabore avec les envahisseurs à sa manière très particulière : culture, élevage ou traite du touriste. Un mot d'ordre : tous les touristes ils sont beaux, tous les vénitiens ils sont gentils. Pas de misère visible ici, pas d'exclus car on les a mis dehors ce qui est radical. Pas de violence non plus, et les seuls actes de vandalisme restent à la mesure de l'Amérique, telles ces boîtes de coca vides abandonnées aux marches des palais : Coca-Cola c'est ça. Quant à la minorité vénitienne réfractaire au S.T.O. (Service du Tourisme Obligatoire), elle n'est plus guère représentée dans la Cité conquise m^2 par m^2 à la force de l'American Express, cette kalachnikov du Monde Libre.

Quelques mesures radicales pourraient sauver Venise. D'abord supprimer les mois de juillet-août car la ville à ces dates est aussi érotique qu'une vieille dame sensuelle exposée à la lumière crue du jour. Donc un peu d'ombre et de repos à ces dates. Et puis le reste du temps susciter la concurrence en rendant toutes les autres villes aussi belles. Il suffirait de peu de choses : remplacer partout les rues par des canaux, les autos par des bateaux. Remplacer immeubles et bureaux par des palais. Echanger tous les affichages publicitaires contre des fresques et des mosaïques. Et déménager les boutiques de souvenirs vers des banlieues tristes où elles se rapprocheraient de leur clientèle tout en mettant un peu d'animation. Sauvons Venise ! Et Paris ! Et la Garenne-Colombes ! Un petit palais au bord de l'eau et une gondole pour tous !

DÉPRESSIF HEUREUX

Il y a les imbéciles heureux, mais on connaît moins les dépressifs heureux. L'un n'empêche pas l'autre d'ailleurs. J'ai souvent été malheureux, j'ai parfois eu envie d'être mort (mais moins envie de passer à l'acte, avec ma tendance à la procrastination). La rencontre avec des imbéciles heureux m'a parfois sauvé, parce que je me reconnais dans leur imbécillité. Toutes mes maladresses, mes incompétences trouvent grâce à eux leur sens dans ma relation aux autres ou dans l'exercice de ma profession. En me sentant bête et pas très doué comme tous ceux qui le sont avec naturel et sans que cela gêne la bonne marche du monde, je n'en souffre pas tant que ça. Et tout en traînant un syndrome dépressif discret et constant, je savoure aussi des moments de bonheur, avec juste ce qu'il faut de culpabilité pour rester cohérent avec moi-même.

« Ressaisis-toi ! »

Formule magique qui permet de remettre en forme n'importe quel déprimé.

VAISSELLE (ET VOLUPTÉ)

Pourquoi je suis né ? Pourquoi je n'ai pas complètement réussi dans la vie. Pas encore complètement. Dieu existe-t-il ? J'ai du talent ou non ? Et lui ? Bref. Toutes ces questions que je me pose un midi solitaire sur un coin de table pas débarrassé, je sais les résoudre.

Malgré ce foutoir de questions métaphysiques autour de moi, et en plus ces reliefs de repas, un os de canard au poivre vert en conserve de Michel Oliver (quelle a été la vie de ce canard ? Comment est-il mort : avec stupeur ? Et Michel Oliver, où est-il à cette minute ? Au petit coin peut-être tout simplement ? Ou déjà dans son caveau de famille ?) et une Danette vide, et des miettes de pain, un journal, du camembert, oui tout ça pour moi et avec la radio en plus ; malgré tout ce foutoir, je sais comment m'offrir de nombreuses minutes de volupté, pas sexuelle mais existentielle, réellement, sincèrement. La volupté de m'acquitter d'une tâche simple que je saurai mener à bien, mieux que ma vie dans son ensemble. Je vais faire la vaisselle, ranger la cuisine, pour mon bien.

LOVE-LINGE

J'ai lu dans Lave-Linge Plus Hebdo qu'un nouveau modèle vient de sortir. 14 programmes, essorage à 1300 tours/minute. De la folie. J'ai très envie de me l'offrir. Déjà, je compte aller au Salon du Lave-Linge pour comparer les dernières nouveautés. C'est idiot, mais quand je lance mon programme 90° textiles résistants, avec le bruit de l'essorage à fond, j'oublie tous mes soucis, Love Machine. Love-linge.

Publicitaire : responsable de la propagande dans un régime capitaliste. Sa fonction consiste à traiter les cerveaux rendus disponibles par les médias, pour ensuite diriger les individus traités vers les centres commerciaux. Là, d'autres opérateurs marchands les prennent en charge.

FAIT DIVERS

Lundi 18 avril, 23h20, je prends le train à Saint-Lazare. Trois hommes entre 25 et 30 ans, l'air assez patibulaires, rentrent dans le wagon : un noir et deux étrangers difficiles à situer. Albanais ? Roumains ? Ils ont amené avec eux une grande caisse plate en carton, qu'ils jettent sur le sol plus qu'ils ne la posent. Ils s'assoient tous les trois à côté d'une jeune femme et ils commencent à lui parler. Je m'inquiète. J'imagine déjà une scène de viol comme on en lit tant dans les journaux. Je cherche des yeux le signal d'alarme, je me tiens prêt à composer le 17, je me vois tentant de m'interposer. L'un des hommes se lève et propose une rose à une autre femme du wagon, qui la refuse. Puis à une autre encore, qui l'accepte avec le sourire. Un autre homme se lève, ouvre en grand le carton posé par terre, et en sort une brassée de roses. Il commence à les distribuer aux passagers. J'en reçois une. Tous les passagers, hommes et femmes, se voient ainsi proposer des fleurs : « c'est gratuit, prenez… » Certains refusent en gardant les yeux tournés vers leur téléphone ou dans le vide, visage fermé. La plupart acceptent. Arrivé à la gare de La Garenne-Colombes où je descends, je remarque surtout l'étrange spectacle de tous ces passagers qui arpentent le quai, pressés à cette heure de rentrer chez eux, mais souriants, une rose à la main.

TOUS CES BEAUX JOURS

À chaque Nouvel An, je reçois beaucoup de vœux : de ma famille, de mes amis, de mes connaissances. Normal.

Mais aussi de ma banque, de mon syndic, du maire, même du Président de la République.

Aujourd'hui, ma conviction est faite : avec tous ces vœux, sous ce déluge de bienveillance et de bonne volonté qui m'assaille chaque année, je sais que la vie est belle, et que je ne le remarque pas assez.

Certes, il survient toujours des crises, des drames, des catastrophes mais on s'en sort : premièrement, il y a aussi des gens qui en aiment d'autres. Deuxièmement, on voit souvent des rayons de soleil caresser des gouttes de rosée par ici, ou des bourgeons en train d'éclore par là. Troisièmement, chaque année, des enfants sautent dans des flaques en riant aux éclats. On ne peut même pas citer tout ce qui arrive de bon, et à coup sûr. Alors, comment ne pas être heureux à l'avance pour tous ces beaux jours qui reviennent chaque année ?

ANNE-MAURICE

AVERTISSEMENT AU LECTEUR

La première fois que j'ai rencontré Anne-Maurice, je m'en souviens très bien : c'était dans une poubelle. Il avait à moitié basculé à l'intérieur du container, la tête en bas, les pieds en l'air. Je lui ai demandé si je pouvais l'aider. Longtemps après, il m'a avoué qu'il avait tenté de se suicider en se jetant dans cette poubelle. Mais dans son mouvement brusque, ses clés sont tombées au fond, et en cherchant à les récupérer, il a tout chiffonné et sali la veste qu'il portait. Ça l'a tellement contrarié qu'il a renoncé à son geste désespéré.

Anne-Maurice est une personne qui a juste votre âge. Ou qui l'a eu à un moment donné. Pure coïncidence. Mais la ressemblance s'arrête là. Il s'appelle Anne, comme le Duc de Noailles, marquis de Montclar et Comte d'Ayen. Et Maurice, comme Maurice. C'est un personnage de friction, friction de la plume sur le cahier (on s'en tape, disent ceux qui n'écrivent qu'au clavier) ou plus vraisemblablement friction de l'auteur avec le réel. Anne-Maurice lui a confié ses souvenirs en lui faisant jurer de n'en parler à personne. Alors, faute de pouvoir en parler, l'auteur a écrit. Merci de votre confiance, Monsieur Anne-Maurice.

ANNE-MAURICE AVANT ANNE-MAURICE

Son horreur des mouvements de foule, de la bousculade, mais aussi de la compétition vient de ce premier souvenir. Encore tout jeune spermatozoïde, en pleine forme, heureux de vivre et sans arrière-pensées, il s'est élancé d'un bond – un grand saut sans l'inconnu – en frétillant joyeusement parmi ses camarades. Avant de se rendre compte bien vite qu'ils jouaient tous férocement des coudes, ou plus précisément des flagelles pour arriver les premiers. Mais où ? Bêtement, par réflexe, il a flagellé plus vite sans savoir pourquoi et s'est précipité la tête la première dans un ovule – il ne savait même pas que ça existait -. Il s'est senti tout de suite accueilli. Mais voilà. Pour s'être précipité ainsi, il s'est condamné à une longue peine à purger : être Anne-Maurice pendant toute une vie. D'abord neuf mois de détention préventive – il faut le dire, en résidence surveillée avec tout le confort. Puis, alors qu'il s'était fait à sa nouvelle condition : expulsion. Et des années de struggle for life.

ANNE-MAURICE SUR SON LIT DE MORT.

Sur son lit de mort, Anne-Maurice réfléchit encore malgré la douleur, malgré les antidouleurs, malgré la lassitude de réfléchir encore. Il sent qu'il n'en a plus pour longtemps à vivre : quelques heures ? Une petite semaine ? Mais peut-être des années en fait. Dans ce cas, il va falloir encore penser. Au moins à changer de matelas. Encore des soucis, encore des frais.

Il n'a jamais aimé son prénom. Il aurait préféré n'importe quel prénom, sauf Kevin et sauf Charles-Edouard. Anne-Maurice a conscience qu'il a raté sa vie. Mais pas complètement ratée, pas un exemple de ratage. Il en a même raté le ratage en quelque sorte. Et là, en train de mourir, il se sent encore

27

maladroit, incompétent, tout à fait capable de rater sa mort aussi, et ça l'énerve. Il aurait voulu avoir des pensées élevées, trouver un bon mot pour finir, mais comment rester dans les annales quand on a juste mal au cul. Malgré la présence d'un dictionnaire de citations à son chevet, avec plein de belles trouvailles sur la vie et la mort, il a plutôt envie de regarder des chaînes info. Regarder un bon vieux débat où ses experts familiers, ceux qui ont leur rond de serviette sur tous les plateaux télé, pestent avec leur fougue coutumière contre tous les immobilismes de la société française. Les français. Tellement moins bons que les allemands, les chinois ou les américains. Il a toujours aimé les débats politiques, passer d'une chaîne info à l'autre et y retrouver les mêmes têtes, ça l'a inlassablement distrait des débats personnels avec sa femme, ses maîtresses, ses collègues, ses clients. Avec lui-même.

Il ressasse tout ça sur son lit de mort et il se dit qu'en fait, il ne va peut-être pas mourir tout de suite. Il ne va pas changer de matelas non plus. Déjà tellement de mails en retard, le frigo vide. Et plus de paracétamol. Bon, la douleur est passée, je vais me faire un thé. Mais non. C'est l'heure de l'apéro.

GRAND ARTISTE INTERNATIONAL

Vous avez envie d'avoir la vie confortable d'un grand artiste international, mais vous ne savez pas par où commencer. Tout d'abord rassurez-vous, il n'est pas indispensable d'être doué en art pour devenir un tel artiste. Ça peut aider mais ce n'est pas le plus important.

Une enfance malheureuse et une adolescence difficile peuvent être un bon point de départ, mais pas forcément. L'important, c'est de faire les bonnes rencontres : par exemple, vous tombez par hasard sur un critique d'art influent, qui vous présente à un collectionneur **fortuné**, au directeur d'une grande galerie internationale. Vous les rencontrez, ils perçoivent tout de suite votre génie singulier, et c'est bon. Pas plus compliqué que ça.

Il faut surtout vouloir être un artiste, même si l'art n'est pas vraiment votre truc. L'art a un côté chiant parfois, il faut bien le dire, et ça demande une culture générale un peu gonflante, une sensibilité qui peut même faire souffrir. On ne veut pas ça.

Ce qui marche bien, c'est le scandale : le sexe, la violence, l'insulte sont des choix possibles, mais délicats, car il faut scandaliser des personnes qui n'ont pas les moyens de répondre à vos provocations, sans pour autant vous mettre à dos des personnes qui peuvent vous être utiles. Attention aussi aux personnes qui pourraient riposter violemment : fanatiques équipés de kalachnikov ou, dans certains pays : prison, relégation, rééducation, etc. : n'allez pas scandaliser n'importe qui n'importe où.

Si la formule sexe violence insulte vous parait périlleuse à mettre en œuvre, une alternative consiste à créer des trucs quelconques, mais de très très grande taille : même une œuvre moche et inintéressante, si elle est également énorme, aura de bonnes chances de vous valoir un réel succès, et là, sans risques. Evidemment, en amont, vous aurez dû faire un sérieux effort de relations publiques avec le grand critique d'art et ce qui s'ensuit pour que l'on parle de votre gros truc pourri dans les médias, et qu'il soit installé sur un site prestigieux au cœur de Paris par exemple. Si vous connaissez seulement des petits ou moyens critiques d'art, votre œuvre ornera un rond-point en banlieue, et c'est tout.

Vous l'aurez compris, pour devenir un grand artiste international quand l'art vous fait un peu chier, ça demande **avant** tout de savoir bien s'entourer. Même si on n'a rien à dire, l'important c'est d'avoir le bon réseau pour en faire parler.

LES SENS DE LA VIE

GROUPE DE PSY SE RENDANT AU CHEVET D'UNE
PERSONNE DÉPRIMÉE.

*Il faudrait pouvoir lire leur éloge funèbre
aux suicidés, pour leur remonter le moral.*

ILLUSTRATION RATÉE (*)

ASSOCIATION DE RATÉS

J'ai le projet de créer une association de ratés. Cette association, je ne chercherai personne pour la monter avec moi, de peur que ça marche.

Le but de cette association sera de bien vivre le fait de tout rater. Je pense que ça ne changera rien à rien, je continuerai de rater et d'en être malheureux. En effet, il ne suffit pas de rater, ni même de tout rater : il faut devenir soi-même un raté. Et comme il reste le risque d'y réussir un tout petit peu, je peux imaginer de réussir une bricole sans importance de temps en temps afin de prolonger inutilement l'espoir de m'en sortir.

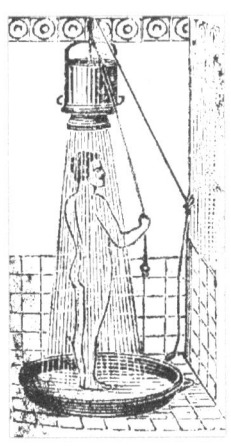

LE SENS CACHÉ

Dans la rue, les personnes en veste et pantalon me paraissent étranges. Celles en blouson aussi me troublent. Qu'elles soient chaussées de baskets ou de mocassins, ça me gêne. Des gens portent même des vêtements dont j'ignore le nom. Je suis inquiet. Ils suivent tous des repères qui me sont inconnus. Très inquiet. Je ne parle plus à personne. Impossible, j'ai de moins en moins de mots à moi. Aucun son ne sort de moi, rien ne va, je cherche le sens caché, quelle chemise va aller avec quel pantalon ?

EN APARTÉ

Il n'est pas prouvé qu'un bébé conçu lors d'une éjaculation précoce devienne un enfant précoce.

CÂLIN

Un câlin. Qu'est-ce qu'un câlin ? Donnez la définition d'un câlin. Sa fiche technique. Par exemple : un câlin avec un bébé. Deuxième exemple : avec un enfant de quatre ans. Dressez une nomenclature des types de câlins par classe d'âge et catégorie socioculturelle. Le câlin. Diachronie et synchronie du câlin.

Ta joue toute douce, des mots qui ne veulent rien dire, l'amour que je te porte et celui qui sort de toi tout seul, toi enfant de quatre ans et toi de un an.

Trop personnel. Pas assez statistique.

CÂLIN

1 – Geste tendre d'un être humain pour un autre.

2 – Marque de fromage blanc.

Les Grands

Espaces

Intersidéraux

les Galaxies, le

Temps, l'Histoire.

Le Soleil tout petit

et, encore plus petite, chiure de microbe,

LA TERRE

Un petit pays prospère avec
sa crise économique
du moment, une ville,
Paris, une banlieue,
une rue passante, un
immeuble années 30,
3ᵉ étage, un simple
studio où
quelqu'un
écrit un
texte.
Tiens,
c'est
justement
ce texte
que
vous
lisez
là

TRANSIT

Ce plaisir puissant de pousser, bien assis sur un siège adapté, en fermant bien les yeux, en pensant bien aux plantes qui ont cru puis ont été coupées, aux animaux pensifs et malheureux élevés puis tués d'un coup, découpés, et hachés, et mâchés, tout ça passé lentement, à la queue leu leu, dans vos réseaux roses de boyaux, intestins, estomac, devenant sang, graisse, et ces déchets qui vous traversent et puis sortent tranquillement, écartant avec délicatesse les rebords finement innervés de cet orifice si utile, si sensible à l'extrême fond de vous.

Chaque jour ainsi, des parties du monde vous traversent, se transforment en vous et vont ré exister ailleurs, et nourrir d'autres plantes, d'autres bêtes qui vous traverseront encore, avec leurs rêves, leurs humeurs, leur susceptibilité. Un jour ce sera votre tour.

Dans une vie, on passe beaucoup plus de temps à faire ses besoins qu'à faire l'amour.

LA FUITE

Avant que je n'en trouve la cause, ma télé branchée sur ma box me faisait une vie infernale. J'ai tout vu avec elle : amour, émotion, jeux, publicités, guerres, sport, politique, corruption, météo, publicités. Violence, émotion, sexe. Publicités. Chagrin, séries, jeux, tendresse, publicités. Politique, rires, chansons. Sport, publicités. Débats, clashs, publicités. Et tous les jours dans ce désordre ou un autre.

Un soir, j'ai détourné un moment les yeux de l'écran pour regarder par la fenêtre et j'ai bien vu que dehors ça ne se passait pas exactement comme ça. Il y avait des gens qui se déplaçaient lentement et régulièrement sans sautiller d'une activité à l'autre. Des gens à portée de voix si je voulais. Alors j'ai cherché derrière mon récepteur : il y avait un gros câble électrique. Je l'ai débranché et ma télé, ma box, sont devenues de simples objets inertes. La fuite venait de là. Ma fuite.

Aujourd'hui, grâce aux réseaux sociaux, même si on n'a rien à dire, ça ne coûte rien de le faire savoir.

SOINS NON AUTORISÉS

Un dépressif devrait pouvoir être câliné, dorloté, débarrassé de tout souci, bref, aimé. Sans espoir de retour, gratuitement, avec dévouement. Mais ça, ce n'est pas possible. Ce serait trop facile de se faire dépressif. Et les dépressifs le savent bien que ce n'est pas possible. Alors, ils dépriment.

◆

SUICIDE SANS GRAVITÉ

Se suicider, ça n'a rien de tragique. C'est simplement avancer l'heure de sa mort. Juste de quoi dire :
- Ah, vous partez déjà ?
Dans une soirée où tout le monde s'ennuie sans que personne n'ose l'avouer.

Si vous n'avez pas le moral, au lieu de vous jeter sous le métro, jetez-vous sous la couette.

LE PROGRÈS

C'est l'automne. Les feuilles mortes, la poésie. Dans l'ancien temps, le cantonnier muni de son balai à feuilles, poussait celui-ci en sifflotant et faisait des petits tas qu'il transportait dans sa brouette. C'est encore l'automne, mais maintenant, c'est le progrès. Le cantonnier, équipé d'un casque anti-bruit, porte sur son dos un coûteux et lourd moteur fumant et pétaradant qui actionne une soufflerie mugissante poussant rageusement les feuilles mortes dans un nuage de poussière vers un camion dont le puissant diesel noircit l'atmosphère pour avaler ces maudites feuilles mortes de merde.

CHIENS ET AUTOMOBILES

En région parisienne aujourd'hui, vivent un nombre considérable de chiens et d'automobiles. Les chiens ne disposent d'aucun équipement d'hygiène, aucun WC pour une population canine de plusieurs centaines de milliers d'individus ; aussi, les rues et les trottoirs sont semés d'excréments. Les voitures individuelles, elles aussi des centaines de milliers, sont encombrantes et, quoique pesant plusieurs centaines de kilos, sont employées le plus souvent pour transporter une seule personne de soixante, soixante-dix kilos, qui rejette dans l'atmosphère de quoi s'asphyxier plusieurs fois si l'échappement sortait à l'intérieur du véhicule et non pas à l'extérieur. Les chiens et les automobiles, on les aime bien quand même.

THÈMES DE SOIRÉE

1 - Le malheur

Tout le malheur des hommes vient d'une seule chose qui est de ne savoir pas demeurer en repos dans une chambre.
Pascal

Pendant une durée de 12 heures, rester dans une pièce en compagnie de quelques personnes avec les contraintes suivantes :

Pas de lecture
Pas de conversation
Pas d'alcool
Une demi-baguette, un litre d'eau par personne.
Pas de relations sexuelles
Pas d'écriture
Pas de dessin.
Rien.

Si, tout de même. Peaufiner chaque heure une phrase dans sa tête, une seule phrase, et l'écrire à la fin de l'heure sur un carré de papier de 9 X 9 cm Un seul carré de papier par heure, durée d'écriture 3 minutes maximum.

2 - Monologue extérieur avec Marche / Arrêt

Pendant une période de 2 heures, alterner des périodes de monologue à haute voix et des périodes de silence et d'écoute de la manière suivante :

Parler sans blanc, sans interruption pendant quinze minutes aux autres personnes présentes :

Tout peut être dit, vérités, mensonges, insultes, déclarations d'amour, obscénités, douceurs et cruautés verbales, banalités, fantasmes… Ce qui est vrai, ce qui est sincère est caché dans le flot de ce qui ne l'est pas. Ceux qui écoutent se taisent, jusqu'à ce que revienne leur temps de parole. Tout sera enregistré et retranscrit sur papier.

LA TRIQUE

La publicité nous masturbe psychologiquement jusqu'à faire éjaculer notre carte bancaire, s'ouvrir, se dilater nos comptes en banque. Les murs, les pages des magazines, les écrans de télé sont saturés de provocations narcissiques, d'images sexuelles excitantes, rappels répétés et impératifs comme si on ne devait penser qu'à ça. La satisfaction la plus directe possible de nos désirs, de nos pulsions, est sans cesse encouragée à grands renfort de clins d'œil salaces, d'humour intéressé, de racolages flatteurs, de slogans à la démagogie subtile. J'ai l'impression de ne pas pouvoir laisser dormir mes pulsions, mes fantasmes, qu'on les réveille à tout instant pour me pousser à consommer ceci ou cela. La consommation, c'est mieux que la misère, mais parfois on voudrait les laisser dormir un peu, nos désirs, nos envies. Les soldes ! Les promos ! Les offres spéciales ! Notre libido n'en finit pas de bosser sous la trique des publicitaires.

POINT DE VUE CONTRADICTOIRE

La publicité enseigne le vrai sens des valeurs. Ainsi, quand elle est bien faite, elle permet à des êtres humains de se hisser à la hauteur de l'image de marque de leurs chaussures, de leur boisson gazeuse ou de leur slip.

NAÎTRE OU NE PAS NAÎTRE

Tout a une fin. Mais il va falloir sortir. Il reste une grande zone douillette autour, mais des poussées venues de loin, au début simple gêne, des questions pas encore inquiètes, des poussées qui se rapprochent, saccades courtes et cycliques, puis qui durent, puis qui durcissent, la menace enrobe, la menace tend sa main, sa poigne ferme et impérative, pas méchante mais inflexible. Il va falloir sortir, sortir, souffrir. C'est quoi souffrir ? Et des poussées, des poussées, soubresauts, amortis, cris de loin, l'inquiétude naît là sans son nom, quelques heures avant l'état-civil.

Naissance : fin de la vie fœtale

Anniversaire : chaque année, l'un des 365 jours se trouve être l'anniversaire futur de notre mort.

BON ET MAUVAIS TRAITEMENT

L'écriture jaillit au bout du stylo d'un jet convulsif. Sur l'ordinateur, le tapotement des doigts sur les touches sales du clavier crispe les épaules, fatigue les yeux, le curseur clignote et s'impatiente et s'agace, les mots ne tiennent pas en place et veulent sans cesse se montrer autrement, trop visibles dans la netteté de l'affichage, l'impudeur de leurs éventuelles audaces aussitôt glacée, rabrouée, aux ordres du traitement de texte. Mauvais traitement.

Le train me fait écrire. Je suis assis, une tablette en plastique rabattue devant moi, des journaux lus et vidés de leur substance, du temps miraculeux entre deux gares, il est impossible que l'on me dérange (pas de téléphone portable !), que je me dérange, par l'obligation de faire quoi que ce soit d'utile, je n'ai rien emporté pour cela, je gribouille pour le plaisir de frotter avec vigueur mon stylo à la surface sensible d'un petit carnet sensible, toujours dans ma poche. Mmmh !

La pensée écrite sur le papier, en sortant de la tête, crée un appel d'air dans le cerveau et permet d'y loger une idée nouvelle.

ROMAN DE GARE

Grésillement d'un casque enserré sur un crâne aux hochements saccadés – sonnerie de fermeture, ululement aigu et entêtant – transmission électrique, couinement des roues aux rails, chocs grinçants, cris trépidés, soupirs pneumatiques des portières, du métro le défilement lent le long de la ligne, inépuisables et stériles romans des rencontres de hasard. Durée : quelques minutes. Chaque fois, oubliables.

◆

SENSATIONS

L'esprit creux comme une bouteille étoilée, avec un fond de vinaigre dans le crâne, je *regarde* les cuisses d'une passagère du métro, j'*écoute* un violon qui fait la manche, crépitement électrique des roues et des tôles du train, je *renifle* la rame, les rails, la moleskine, le caoutchouc, je *caresse* les parois grasses du wagon, j'éprouve dans la bouche le *goût* de mes gencives agacées. *Sensations.*

VAPEUR-ÉLECTRIQUE

Gris foncé ou gris clair, mais pas trop, hommes en costumes gris, obéissants et utiles.

Elimés, démodés, pas à la taille, sales, hors-saison, mal assortis, hommes et femmes échoués, ratés, finis, qui racontent leurs galères dans les rames.

Hommes teigneux et malappris au volant, costumes trois-pièces, tricots-tatouages ou sportswear mais hommes-enfants qui font vroum-vroum et parfois l'accident, la grosse bêtise qui blesse et qui tue.

Femmes sexy aux jambes un peu fatiguées, mais sexy quand même, tailleur bien coupé, moulant, coûteuse petite culotte sur les fesses, de l'argent sur la peau, peau soignée mais elle vieillit quand même quand les modèles, sur les affiches toujours renouvelées, restent impeccables – sourire encourageant qui décourage quand on a passé l'âge, c'est le temps des battants, il faut montrer les dents et toi, tu tires la langue.

Une femme, des rêves de tendresse à vapeur, un homme, des envies électriques de fesses dans sa tête, comique des croisements sans échanges, chacun ses rails, sa carte bleue, son portillon, son guichet, sa place dans la queue, la vie qui va, qui vient, et sous terre, et depuis tout petit.

MANGEZ DU STRESS

Petite, toute petite chose vivante, sa conscience s'éveille peu à peu. Très floue, inexprimable, mais une conscience. Autour, une sensation de douceur, de chaleur, mais par moments des aiguillées, des piques infimes d'inquiétude. Inquiétude.

La chose vivante croît lentement dans la douceur, et s'habitue à ces élancements brefs au début, et qui s'allongent malheureusement, et se rapprochent. Des décharges, des soubresauts agitent maintenant souvent la coque bienheureuse où elle s'abrite et, goutte à goutte, jour après jour, l'inquiétude s'instille en elle. Il existe une menace, une menace qui prend forme. La chose vivante est inquiète, sur ses gardes, l'inquiétude d'avoir peur.

Poussées brutales, halètement, déchirement, poussées brutales, poussées brutes, poussées, poussées, cris, lumière crue, la chose vivante est attrapée, jetée loin de la chair chaude, de la mère. Il ne s'agit que d'un porcelet, ou d'un veau…

La peur est si forte d'abord que la douleur ne vient qu'après. Des aiguilles percent la chair, prise puis jetée dans son box. D'autres choses vivantes remuent à côté, vacarme, bousculade, cris, piétinement, cris ; la peur, puissante, irrépressible, s'enfonce, imprègne chaque molécule de chair et croît, et se développe avec elle. Jour après jour, la chose vivante croît absurdement, le porcelet devient porc, le veau devient bœuf, viande-sur-pied ou d'autres mots imprégnés de douleur, de tristesse et d'effroi, jour électrique après jour électrique dans ce grand camp de concentration animal.

Elevage industriel, pas de sentiment, transfert des bêtes, bétaillère brûlante en été (les vacances) glaciale en hiver (les fêtes), promiscuité, puanteur et terreur, coups de bâton, couloirs métalliques, bruits, couinements meuglements affolés, mort.

Mon hamburger chez McDo, mon jambon Douce France, ils viennent de là. Du stress, je mange le stress de ces bêtes, tous les jours on me vend leur stress et maintenant je n'ai plus faim, plus envie, mais pitié.

Il n'y a pas de sensibilité maladive. Seule l'absence de sensibilité est une maladie. Arthur Schnitzler, *Vienne au crépuscule.*

NOËL, CAPUCCINO ET McDo

Sur l'aire d'autoroute en cette fin décembre, je pisse dans les toilettes du McDonald's où sont diffusés des chants de Noël. Puis je commande un capuccino à une borne interactive au fonctionnement sophistiqué, qui me propose un large choix de malbouffe pour l'accompagner. Je règle le capuccino puis je cherche une table à peu près propre pour m'installer. J'en trouve une près des poubelles. Une serveuse au visage fatigué affublée d'un bonnet de Père Noël m'apporte mon capuccino qui aurait pu avoir un goût d'eau chaude vaguement aromatisée, mais l'eau était plutôt tiède. J'ai admiré sincèrement le grand écart entre la débauche de technologie pour organiser la prise de commande, et la stupéfiante nullité du produit servi.

Je remercie vivement McDonald's pour m'avoir fait vivre cette expérience presque parfaite de déception consumériste. Mais je dois quand même avouer qu'avant cela, j'avais un gros préjugé contre McDonald's. Je pensais a priori que c'était mauvais. En réalité, c'est bien pire.

LA VILLE QUI VA

La ville qui va, démolition des vieux immeubles, effacement des traces des vies passées, ardoise magique, des résidences neuves et proprettes poussent à la place et s'alignent sagement, sécurisées. Et des blocs de bureaux, opaques et lisses, sécurisés. Les pavillons trop modestes sont balayés. Des chantiers retournent tout ça, des passants passent, avec leur jeunesse ou leur vieillesse, leur normalité ou leur étrangeté, ou leur étrange normalité. Un peu partout, des publicités vives et joyeuses comme de la propagande, des panneaux, des signaux, des barrières, des circulations, des interdictions. Pour votre sécurité. Des arbres de pépinières, en rang le long des voies, c'est joli, chacun sa place, chacun sa voie, les piétons, les vélos, les voitures, le tramway, les policiers et les voleurs, la déprime et la joie, la vie et la mort.

TOUT DOIT DISPARAÎTRE

Tout doit disparaître : la petite cabane de jardin que j'aperçois de la fenêtre du train. La petite fille qui gazouille sur le siège voisin. Le wagon solide qui emmène ses nombreuses tonnes sur les rails d'acier. Ce carnet où j'écris, et chaque personne en vie autour de moi. Tout doit disparaître, la petite bouteille d'eau près de moi, le journal que j'ai acheté tout à l'heure, ceux qui l'ont écrit, ce dont il parle. Tout doit disparaître, et vous, et moi, dans une grande catastrophe lente, si lente, dans la grande catastrophe calme, paisible, du temps qui passe.

On naît en sortant d'un trou, et quand on meurt, on nous met dans un autre trou. D'un trou à l'autre, qu'est-ce qu'une vie bien remplie ?

POLITIQUEMENT NAÏF

*La mondialisation a permis à des centaines de
millions de personnes de sortir de la pauvreté à
la campagne, pour découvrir la misère en ville.*

*Dans un souci d'efficacité et de rationalisation,
on pourrait remplacer la différence entre le bien
et le mal par la différence entre profitable
et non profitable.*

PORRIDGE ANALYTICA

Des électeurs conquis qui fondent dans l'isoloir. Vous en aurez en permanence dans vos intentions de vote. Même le citoyen le plus rétif peut être retourné en quelques manipulations sur les réseaux sociaux. Les convictions les plus fermes sont brisées par cet astucieux rouleau attendrisseur de la désinformation. Vos militants et vos cadres ne pourront que vous faire des compliments flatteurs ! Quel que soit votre programme électoral, vous n'en reviendrez pas !

HISTOIRE NATURELLE :
LA REPRODUCTION DES PRÉSIDENTS DE LA RÉPUBLIQUE

Un Président de la République est un mammifère mâle et parfois femelle qui se reproduit à l'issue d'un processus appelé « élection ». Ce mammifère, qui vit en groupe sur un territoire appelé « nation » ou « république », se caractérise par une glande qui secrète une substance, le « goût-du-pouvoir ». Cette substance attire d'abord les congénères de son clan qui s'agitent autour de lui, et deviennent dans un premier temps ouvertement agressifs à l'encontre d'autres individus du même clan pourvus de la même glande et qui, à ce titre, deviennent rivaux. À l'issue de combats internes au clan principal, le mammifère vainqueur élargit son champ d'action. À cette étape, il fait souvent entendre son cri caractéristique « la petite phrase », que reprend et commente fébrilement une autre catégorie d'individus dans cette espèce de mammifère, ceux qu'on appelle « les médias ». La « petite phrase » vise à capter l'attention des médias dans un message simple qui pourra être relayé et amplifié facilement, pour produire un tumulte censé attirer de fortes colonies d'individus dépourvus de cette glande « goût-du-pouvoir ». Parmi ces autres individus, certains aspirent à être commandés ou protégés. D'autres restent insensibles au tumulte des médias et font entendre toutes sortes de cris : « tous-pourris », ou « ne-sait-pas », et ne rejoignent aucun clan. Il est

remarquable que, souvent, des clans plus petits for-
més par d'autres mammifères pourvus de cette
glande « goût-du-pouvoir » sont aussi plus agiles et
plus agressifs. À l'inverse, plus un clan grossit, et
plus le leader du groupe tempère ses cris de gauche
ou de droite, pour ne pas effaroucher les individus
de la colonie rivale qu'il va tenter d'attirer à lui.

◆

ET TOUT DEVIENT POSSIBLE

Le taux de croissance du chômage, le développe-
ment durable des inégalités, la discrimination tran-
quille, l'ordre juste pour dire quelque chose, le réchauffement du terrorisme, la lutte contre le climatique, le droit au bouclier fiscal opposable, une
place de stationnement pour toutes les voitures
sans abri, l'émigration choisie en Suisse… Une
élection présidentielle, et tout devient possible…

QUELQUES APPARTEMENTS

1990 – 2000 : la Terre est un vieil immeuble divisé en pays : les appartements.

Les américains occupent tout l'étage supérieur. Locataires bruyants et tapageurs, on en croise souvent dans les cages d'escalier en train de dealer. Mais les pires sont les fils de la famille qui passent leur temps à démarcher les autres appartements, plein de tchatche, pour placer leur camelote, leurs idées, leurs objets et leur mode de vie, trustant les réunions du syndic pour imposer leur loi.

La Russie dispose du plus grand appartement, mais il est vétuste et sale, avec plein de mômes et de vieux laissés à eux-mêmes pendant que les parents, bagarreurs, grandes gueules, toujours ivres, mènent grand train en vendant les bijoux de famille pour acheter belles voitures et beaux gadgets aux voisins américains et allemands.

La Chine, un autre de ces grands appartements, grouille d'enfants entassés dans des pièces insalubres. Ils vivent soumis et terrorisés, sous la tutelle de parents cyniques, durs à la tâche et âpres au gain, qui se réservent strictement l'usage des pièces de réception.

La France est un logement de taille moyenne, en assez bon état. Là, pas de parents. Des fils aînés pour tenir la maison, fascinés par les fils de famille américains et prêts à les croire et à les imiter en tout.

LA FOURMI « CACA-RENTE »

La fourmi « caca-rente » (s'écrit aussi Cac 40) se caractérise, au sein de la Création, par une avidité proprement stupéfiante. Même assise sur un énorme tas de blé bien plus gros qu'elle ne pourra jamais en consommer, elle continue à accumuler. Plus fort encore : au moyen d'autres individus que sa richesse, et le pouvoir d'attraction qui en découle, fait graviter autour d'elle, elle arrive à convaincre d'autres fourmis d'espèces voisines mais moins puissantes, à accumuler encore pour son compte. Ces fourmis satellites font entendre un grondement réprobateur à l'aide d'autres fourmis dites « médiatiques », pour culpabiliser les fourmis qui ne disposent que d'un tout petit tas de blé, voire presque rien, et cherchent à grappiller quelques grains de plus. Dans le passé, on a observé des fourmis « avangarduprolétariat » qui sont parvenues à liguer des fourmis ouvrières pour déloger des fourmis d'une espèce voisine mais antérieures aux « caca-rente », et prendre leur place sur leur gros tas de blé. Celui-ci a alors été recouvert de quelques feuilles mortes à base de discours révolutionnaires pour éloigner les fourmis ouvrières du trésor conquis. Aujourd'hui, l'Organisation Mondiale des Fourmis est difficile à étudier parce que les fourmilières sont partout très agitées.

LA FLEXIBILITÉ ?

Le peuple doit bien accepter la flexibilité dans son travail. Car le capital, lui, est inflexible.

LOUCHE

Ça n'engage que moi, mais je trouve le luxe matériel assez mal commode. Par exemple, je veux remuer le sucre dans ma tasse à café : j'ai le choix entre une louche en argent et une petite cuiller en plastique. Je préfère la petite cuiller en plastique. Mais recyclable, quand même.

ORGASME

Si l'argent fait le bonheur, alors avec leur fortune, Bill Gates, Jeff Bezos ou la Reine d'Angleterre doivent vivre un orgasme permanent. Mais ça ne se voit pas.

JE N'AIME PAS LE LUXE

Je n'aime pas le luxe ?

Cette petite phrase me trotte dans la tête depuis un moment. Mais d'abord, qu'est-ce que c'est le luxe. Un yacht de soixante-dix mètres à soixante-dix millions d'euros ? Mais il existe aussi des yachts de cent-cinquante mètres à cent-cinquante millions d'euros. Or je n'ai pas envie d'avoir même un yacht de cinquante mètres, c'est pour dire.

Je n'aime pas le luxe, pourquoi ? Si je possédais un tel yacht, j'aurais forcément une montagne d'argent, et plein de rapports de pouvoir avec des concurrent menaçants, des politiciens rusés, des obligés, des amis intéressés, des ennemis tout aussi intéressés. J'aurais mon yacht, mais je n'aurais pas vraiment la paix de l'âme.

Je n'aime pas le luxe, mais est-ce que je déteste pour autant les gens qui vivent dans ce luxe-là ? Pas plus que les pauvres, les immigrés, les chômeurs ou les syndicalistes, je n'arrive à les stigmatiser dans leur ensemble, ces riches (j'ai toujours eu du mal avec la stigmatisation). Il y a sans doute parmi eux, à côté de mafieux, d'oligarques, de potentats et de spéculateurs, d'honnêtes entrepreneurs qui donnent du travail au peuple. Certes, parmi eux, on trouve ceux qui donnent du travail, mais qui sont plus réticents à partager les richesses produites. La fortune des quatre ou cinq hommes les plus riches du monde dépassent les cent milliards de dollars. Un million, c'est déjà pas mal. Un milliard, c'est mille millions. Ça fait beaucoup. Mais posséder cent milliards, ça fait cent mille, millions. Est-ce bien raisonnable pour une seule personne ? Au prix de quelques désastres écologiques par ci, menues injustices sociales par-là, assaisonnés d'optimisation fiscale. Pourquoi contribuer au financement des infrastructures d'un pays forcément mal géré par des bureaucrates incompétents : des avocats fiscalistes, ça coûte bien moins cher. Et puis des milliardaires comme Bill Gates créent des fondations philanthropiques. Ils répandent le bien selon leurs propres vues forcément éclairées, sans perdre de temps dans des débats démocratiques oiseux.

Mais revenons à nos moutons, voire à nos Mouton-Rothschild. Je n'aime pas le luxe, c'est une affaire de goût. Mais le luxe donne du travail à ceux qui le fabriquent. Les maîtres artisans, les ingénieurs, qui conçoivent chaque pièce d'un yacht de luxe, ne pourraient pas exercer leur savoir-faire sans les ultras riches qui leur passent commande. Objection : si l'argent était mieux réparti dans la société, les artisans du luxe pourraient œuvrer pour le bien commun : imaginons un bureau du Pôle Emploi décoré avec la somptuosité d'une cabine de yacht.

Je n'aime pas le luxe. Peut-être que je suis jaloux, envieux ? Je vais descendre de plusieurs crans dans le luxe. Soit une BMW ou une Mercedes à soixante ou quatre-vingt mille euros, soit à peu près le prix de six ou huit centimètres de yacht. Ce genre de véhicule plait à des clientèles très différenciées : cadres supérieurs, hauts fonctionnaires européens, caïds de banlieue… De telles voitures, reconnaissons-le, sont de petits bijoux technologiques, permettant de faire du surplace dans les embouteillages sans aucun risque. Mais les efforts de recherche, et tout le savoir-faire des ingénieurs, pourraient aussi servir à concevoir d'autres machines tout aussi sophistiquées, mais pour d'autres usages tels que : fourniture d'eau potable, d'électricité, à des populations qui n'en disposent pas. C'est moins glamour.

Et qui paierait ? On parle de cette fameuse taxe sur les transactions financières : tout mouvement d'argent purement spéculatif, ne correspondant pas à un investissement dans la durée, serait l'objet d'un prélèvement pour financer des équipements publics, écoles, hôpitaux, etc. Les sommes gigantesques générées par de telles taxes ne manqueraient pas de devenir des fromages pour de hauts fonctionnaires internationaux, grands consommateurs de BMW et de Mercedes.

C'est aussi pour ça que je n'aime pas le luxe. La propagande publicitaire, aussi efficace auprès de la bourgeoisie bien élevée qu'auprès des caïds de banlieue, valorise la possession des grosses voitures, des montres de luxe et autres colifichets, les associant à la réussite, à la supériorité, à l'élégance, à la force. Très honnêtement, les grands hommes dans mon panthéon personnel ne sont pas associés à cette verroterie : Gandhi avec une Rolex ? Le Dalaï-lama en Porsche Cayenne ? Les moines de Tibhirine à bord d'un yacht ?

Je n'aime pas le luxe, parce que je n'ai pas envie d'aimer les mêmes choses que les oligarques, les mafieux, les potentats, tous ces gens-là.

Mais il y a quand même des choses qui me dérangent dans ces « je-n'aime-pas-le-luxe » ». On peut être quelqu'un de très bien, et apprécier une création horlogère exceptionnelle, une belle mécanique automobile … D'ailleurs, personnellement, il m'arrive de me retourner sur une belle voiture, sensible à l'aspect sculpture en mouvement d'un beau coupé. De même que je peux admirer une peinture d'un prix inestimable, ou que je m'émerveille d'un château, d'une église…

Tout cela est très mélangé. Si j'admire un château de la Loire, je n'ai pas pourtant autant envie de revenir aux conditions sociales du temps qui l'a vu naître. Si j'admire une peinture, je sais que certains chefs-d'œuvre ont vu le jour en raison du génie de l'artiste, et non pas de l'état du marché de l'art. Et des œuvres sublimes ont pu être créées par des ordures patentées.

Je me méfie aussi de certains qui n'ont pas aimé le luxe dans des temps pas si lointains : les gardes rouges pendant la révolution culturelle, les khmers rouges de Pol Pot.

Et je me rends compte aussi que je vis dans le luxe. Je ne roule pas en Porsche, mais ma modeste Clio vaut le prix de vingt-cinq années de revenus de certaines populations qui vivent avec moins d'un euro par jour. Et je travaille dans le luxe : même si mes peintures ne sont pas hors de prix, trois-cents euros un bout de papier avec de la couleur dessus, c'est encore du luxe.

C'est quoi le luxe ? Vivre dans une vaste propriété, protégé par des gardes armés ? Ou une propriété plus modeste, sous surveillance électronique ? Avoir un jet privé ? Ou deux ? Ou simplement un 4 X 4 noir avec des vitres teintées ? Ou une Clio ? Ou des chaussures au lieu d'aller pieds nus ? Ou la bonne entente avec ses enfants (alors Liliane Bettencourt, riche à milliards mais en procès avec sa fille, était au seuil de l'indigence).

Je n'aime pas le luxe, en fait, seulement certaines formes du luxe, qui sont l'ennemi du calme, de la volupté, de l'ordre et de la beauté.

J'aime mon luxe à moi : consacrer un dimanche matin à gribouiller ces mots sur un carnet tout en sirotant mon café au soleil.

◆

DE GUERRE LUXE

J'ai lu voici des années, en février 2006 : guerre en Irak, la facture de la guerre va bientôt dépasser 660 milliards de dollars. Franchement, moi, si j'avais eu cet argent à dépenser, je me serais offert autre chose. Par exemple, de pouvoir me vautrer dans un canapé en marbre avec des accoudoirs en or.

REFAIRE LE MONDE, MAIS PAS TROP.

C'est extrêmement fatigant d'être paresseux, cela me demande un effort de tous les instants. D'abord, injustement, c'est mal vu. Mais par exemple, si au lieu d'être un français de la vieille Europe vivant comme un nanti sur mes avantages acquis, j'avais été en 2003 un américain néo-conservateur, ambitieux et combatif, j'aurais peut-être moi aussi envahi l'Irak, et cela aurait fait beaucoup de dégâts. Donc, j'ai bien fait d'être paresseux. De toute façon je ne suis qu'artiste peintre, et même si j'avais voulu, je n'aurais jamais pu envahir l'Irak.

Évidemment, du fait de ma paresse, j'ai une vie incroyablement frugale et dure : sans 4X4, sans écran plasma, mon téléphone n'est même pas de 3e génération. Mais je tiens bon quand même, parce qu'il y a la faim dans le monde et ça aide à relativiser.

Mon effort pour être paresseux tient aussi à mes préoccupations écologiques. Ça tombe bien, parce qu'on parle de plus en plus d'écologie. Sans rien faire, me voilà dans le mouvement. N'empêche que, moins je travaille, et moins je réchauffe la planète. La difficulté est de trouver la limite. Si je ne fais vraiment rien, je m'ennuie un peu. Alors je fais un minimum, avec un brin de papier, quelques doigts de peinture et beaucoup de produits de récupération. C'est aussi pour ça que j'ai entrepris de bâtir la Fondation Veeska. Elle n'existe qu'en imagination, et l'imagination n'émet pas de CO_2.

Je suis paresseux, mais j'aime quand même très fort tous ces gens qui travaillent pour produire de la beauté, de la santé, de l'éducation, ce genre de choses. Néanmoins, j'invite instamment certaines catégories de personnels à découvrir les bienfaits de la paresse. Je pense à ceux qui dépassent allègrement les 35 heures pour alimenter les infos à coup de guerres et d'attentats, de raids boursiers assortis de plans sociaux, tout ce genre d'actions qu'on fait quand on n'a pas appris le bonheur d'une bonne sieste (amoureuse pourquoi pas ?) entre deux coups de pinceaux. Faites passer : j'offre un cours de peinture gratuit sans limite de temps pour tous ces malheureux, à condition qu'ils me rendent leurs kalachnikovs, leurs hélicoptères de combats, et leurs stock-options. Ensemble, on en fera un musée.

Et moi, pendant tout le temps que j'ai passé à écrire ce texte, je n'ai rien produit d'autre. Merci quand même à ceux qui ont construit la maison où j'écris, produit la nourriture que je vais manger tout à l'heure et fabriqué les vêtements que je porte. En dehors des questions d'argent, de cote, peut-être qu'un bon critère d'évaluation pour les artistes serait celui-là : est-ce que leurs œuvres sont assez essentielles pour mériter qu'on leur dise, à eux aussi, « merci » ?

BONS SENTIMENTS

Longtemps on a cru que le soleil tournait autour de la Terre. Aujourd'hui, on croit que la vie tourne autour de l'économie, du pouvoir, de la gloire, ou de la possession du dernier modèle de scoubidou 4G. Mais peut-être que non.

Peut-être que tout ce qu'on recherche, c'est l'amour. Peut-être que la vie tourne autour de ça.

On peut avoir un Q.I. de 50 ou de 180, être à la tête d'une multinationale ou d'un stand au marché du coin, être dame pipi ou directeur de cabinet, être beau et riche, pauvre et moche ou le contraire, être en bonne santé sans le savoir ou malade… Mais si on n'aime pas, si on n'est pas aimé, quelque chose manque.

Et ça peut faire des dégâts. Querelles domestiques, guerres étrangères, ulcères à droite et à gauche, boutons sur le nez… Aussi je recommande à tous ceux et celles qui liront ces lignes, sans oublier ceux et celles qui ne les liront pas (ça va faire du monde), qu'ils soient mère de famille ou dictateur exotique, chef de chœur ou tyran domestique, entrepreneur social ou banquier sado-maso, urgentiste débordé ou fashion victim, professeur de collège ou laveurs de cerveaux disponibles, etc, etc. Je recommande à tout le monde, les gentils et les durs, de rechercher l'amour et l'amitié, simples et désintéressés, au lieu de faire les soldes ou de progresser dans le classement des grandes fortunes. Ça fait du bien, ça donne une énergie renouvelable, et tout le monde vit mieux.

En n'oubliant pas de rajouter le piment de son choix à ces bons sentiments, parce qu'il ne s'agit pas de devenir des saints non plus, une chose à la fois.

FANATISME ET PROPAGANDE

Ça ne se passe pas dans une dictature religieuse au fin fond d'un pays obscurantiste, et pourtant. Je ne sais pas pour vous, mais moi je suis harcelé par des idéologues, qui m'envahissent de leur propagande où que je sois, quoi que je fasse. Le matin, je ne peux plus mettre la radio à cause de leurs interventions bruyantes et agressives. Si j'achète un journal, je dois parfois tourner plusieurs pages saturées de leurs messages envahissants pour trouver quelque chose à lire. Si je n'achète pas de journal, on m'en donne un gratuit dans le métro pour être bien sûr que j'aille me gaver de leurs histoires édifiantes. Si j'ai besoin de consulter internet, c'est encore pire : difficile d'échapper à des animations sautillantes et fatigantes préconisant tel comportement à avoir, telle apparence à présenter, tel objet à posséder. Je n'ose plus laisser le son sur mon PC de peur d'être soudain agressé par un appel tonitruant et racoleur pour une de ces choses qu'ils veulent m'imposer. Quand mon téléphone sonne, c'est de plus en plus souvent l'un de leurs agents basés à l'étranger qui, depuis un call center, cherche à me fourguer quelque chose ; si j'ouvre ma messagerie, ces fanatiques l'ont saturée de messages que je suis obligé d'effacer jour après jour. Dans la rue, dans le métro, partout, leurs affiches de plusieurs mètres carrés se rappellent à mon bon souvenir, appuyées maintenant par des écrans vidéo qui gaspillent l'énergie que d'autres messages me demandent d'économiser ; quand je rentre chez moi, je dois chercher mon courrier noyé dans une pile de papiers bariolés et tapageurs, de fausses lettres personnelles avec des promesses fallacieuses. A la télévision, même si cette propagande a le mérite de me fournir l'occasion d'aller pisser, j'aimerais pouvoir y échapper quand même ; au cinéma, difficile d'aller voir un film sans être pris en otage pour supporter sur grand écran leurs sornettes rusées. Ces idéologues fanatiques, ces fous du dieu consommation savent, il faut bien le dire, nous harceler jusqu'à nous faire craquer avec leur propagande diaboliquement habile, belles images, musiques séduisantes, fausses complicités manipulant tout l'éventail des sentiments humains : sexe, sentiment, humour, envie d'être reconnu…

Et quand j'essaie de savoir ce qui se passe dans le monde, j'ai bien du mal à échapper à une information financée par ces idéologues. Dans les médias, on me bombarde de nouvelles au sujet de personnalités insignifiantes pour moi (people, ça s'appelle) ; on me raconte jusqu'à saturation des attentats, des meurtres, des guerres, des crises, jusqu'à ce que tout paraisse se valoir sans qu'on ne puisse plus rien y faire. A ce moment-là, la sortie d'une nouvel IPhone, qui fait les gros titres pendant des jours, agit comme un baume. Futilités d'un côté, peurs et menaces de l'autre, on n'oublie aucune case de mon cerveau. Pourtant…

…Pourtant, dans le monde réel, pas celui des écrans, des médias, de la pub, il existe des gens posés et des actions positives. Mais ils n'ont pas de conseiller en communication. Ils ne clament pas leur vertu. Ils exercent un pouvoir dans leur domaine, non pour en jouir mais pour agir. Ils se servent de l'argent comme d'un outil d'échange et d'action, sans plus. Ça n'a rien de spectaculaire. Pas de quoi faire les gros titres. Rien à vendre dans l'immédiat.

Mais quel ennui, la vertu. Nike la pub. Ce soir, BigMac, Coca zero, tranquillisant, puis Facebook.

Just do it. (Ce harcèlement publicitaire est un cauchemar qui tente même de nous priver du vocabulaire pour le dénoncer.)

D'APRÈS MUNCH : LE CRI D'UNE PERSONNE QUI A PERDU SON IPHONE

COMMERCE ÉQUITABLE
C'est bien de mettre des mentions « commerce équitable » sur quelques produits. Mais pourquoi ne pas plutôt inscrire « commerce pas équitable » sur tous les autres ?

ÊTRE HUMAIN
Expression désuète. En langage libéral moderne, on dit une RESSOURCE humaine.

IMMIGRATION
Le communisme déportait les gens vers des camps de travail forcé, par la contrainte politique et policière. Le capitalisme confie aux habitants des pays ruinés le soin de se déporter eux-mêmes, à leurs frais et à leurs risques et périls, vers les pays riches où ils peuvent volontairement se faire exploiter.

PARADIS FISCAL
Au paradis fiscal, on ne sait pas ce qu'il en est des pauvres pécheurs, mais en tout cas les pécheurs pauvres ne sont pas admis.

PETITS FRÈRES DES RICHES
Organisation conçue sur le modèle des Petits Frères des Pauvres, mais pour ceux qui préfèrent les riches.

S.D.F.
On parle beaucoup des Sans Domicile Fixe. Mais que fait-on pour tous ces gens qui n'ont pas de garage pour leur voiture ?

BON PENCHANT

D'un côté, il y a des gens qui préparent des attentats, d'autres qui fabriquent et vendent des armes. D'autres qui s'enrichissent jusqu'à l'absurde en nous vendant des biens superflus avec les illusions qui vont avec. D'autres qui tricotent des intrigues politiciennes pour garder ou attraper le pouvoir. D'autres qui saturent les médias avec un mélange indigeste d'actu people, de publicité, de mise en spectacle de la violence.

D'un autre côté, il y a des gens, beaucoup de gens, qui œuvrent là où ils vivent pour essayer que ça aille mieux, sans être des saints ni des héros. Juste des personnes qui préfèrent la vie à la mort, les bons moments aux embrouilles, la mesure à la démesure, boulimie d'argent, de pouvoir, de notoriété, de bouffe, de bidules connectés…

La question est : est-ce que je laisse toute la place à ceux qui nous pourrissent la planète, ou est-ce que je penche du côté de ceux qui nous l'embellissent ?

Je ne pèse pas lourd, mais je vais essayer d'y pencher quand même.

LES GRANDS TITRES DE LA PRESSE D'IL Y A UN AN, DIX ANS, OU PLUS OU MOINS

C'est toujours instructif de relire des vieux journaux. On découvre comme il est important de se tenir au courant de l'actualité tous les jours. Et on voit aussi que la publicité ajoute du sens à tout cela quand on la lit avec la même attention que le reste :

Le Figaro :

Redécouvrez le bonheur, cliquez ici, cacophonie au sommet de l'état

Le Monde :

Ford Kuga avec hayon mains libres, le Web fait de plus en plus partie des droits de l'homme

Libération

50 % de remise sur toute la gamme de sandwiches baguette. Ecoutes de Sarkozy : Valls assure l'avoir appris par la presse.

Lisez votre journal d'aujourd'hui en pensant à tous ces gros titres anciens que vous avez oubliés, et ces publicités si essentielles à la bonne marche du monde.

L'intéressant dans l'actualité, c'est aussi tous les graves problèmes qu'on n'est pas en charge de résoudre.

GÉOPOLITIQUE DU RÉFRIGÉRATEUR CONNECTÉ

Pour certains, le progrès, ce sera d'avoir un réfrigérateur connecté.

Pour d'autres, le progrès, ce sera plutôt de consacrer cet argent destiné à produire et à vendre des réfrigérateurs connectés, à l'installation d'école, à la formation de maîtres pour ces écoles, à la création de réseaux d'eau potable et de systèmes de soins. Par exemple.

En faisant confiance aux seules lois du marché, il sera toujours plus profitable à court terme de concevoir, fabriquer, vendre, des réfrigérateurs connectés à des gens ayant les moyens de les acheter.

Mais à moyen terme, en aidant des peuples à élever leur niveau d'instruction, leur niveau de santé et de confort, on améliore les relations entre les pays riches et les autres.

Au lieu de développer des systèmes de police et de protection de plus en plus sophistiqués contre les terroristes, et dans foulée contre les immigrants illégaux, on développe des échanges avec des pays amis. Au risque de s'ennuyer, sans guerre, sans attentats, sans conflits religieux et sociaux.

L'autre problème, c'est le réchauffement climatique qui n'est pas connecté aux réfrigérateurs connectés.

Ce réfrigérateur connecté, muni de quatre roues et conçu comme
une voiture autonome, fait les courses tout seul.

Automobiles, paquebots, réfrigérateurs, nous sommes tous de plus
en plus connectés.

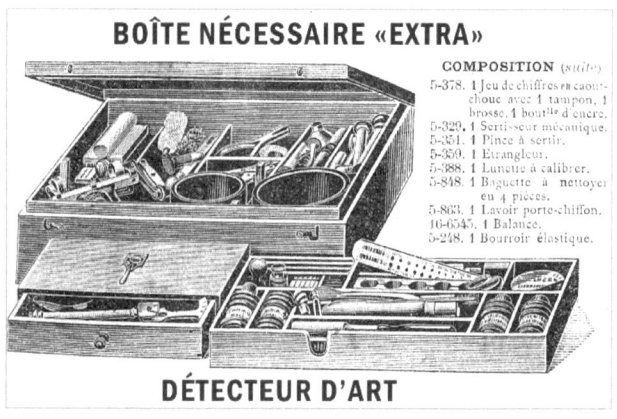

BOÎTE NÉCESSAIRE «EXTRA»

COMPOSITION (suite)

5-378. 1 Jeu de chiffres en caoutchouc avec 1 tampon, 1
brosse, 1 bout^{lle} d'encre.
5-329. 1 Sertisseur mécanique.
5-351. 1 Pince à sertir.
5-350. 1 Étrangleur.
5-388. 1 Lunette à calibrer.
5-848. 1 Baguette à nettoyer
en 4 pièces.
5-863. 1 Lavoir porte-chiffon.
10-6545. 1 Balance.
5-248. 1 Bourroir élastique.

DÉTECTEUR D'ART

Cet appareil se compose d'une lame plate en acier nickelé percée à l'une de ses extrémités pour permettre l'introduction d'une critique d'art. Au milieu de cette lame est fixée une appli très résistante en maillechort, disposée de telle sorte que la critique peut se retourner automatiquement lorsqu'elle arrive à chaque extrémité du détecteur. Elle garde ainsi la même crédibilité, soit que la cote de l'œuvre monte, soit qu'elle descende, en permettant au critique de changer d'avis à chaque coup de baguette. En résumé, ce détecteur d'art, grâce à son mode d'emploi traduit du germanopratin ancien, permet de ne jamais se tromper deux fois de la même manière.

DÉTECTEUR D'ART

Après le détecteur de fumée obligatoire, le détecteur d'art : bientôt, une loi va rendre obligatoire l'achat d'une ou plusieurs œuvres d'art originales certifiées, à installer dans chaque pièce de chaque appartement, maison ou local professionnel. Préparez-vous. Contactez dès à présent un artiste agréé. Attention aux artistes fumeux.

ILLUSTRATION CI-DESSUS : INSPECTEUR MUNI D'UN DÉTECTEUR D'ART DÉCOUVRANT UNE FRAUDE MANIFESTE DANS LA MAISON D'UN PARTICULIER NON ÉQUIPÉE D'ŒUVRES D'ART.

LOCATION D'ARTISTES À LA SOIRÉE

ARTISTE TÉNÉBREUX

Ne parle pas ou peu. Air mystérieux. Jette le trouble dans l'assemblée.

ARTISTE CAUSTIQUE ET CYNIQUE

Pour conversations impitoyables, descentes en flammes, cruautés verbales imprévisibles, paradoxes divers.

ARTISTE PÉDAGOGUE

Pour parler Art. Les Beaux. Les laids. En acquittant un supplément, entretien personnel et spirituel sur vos propres œuvres secrètes. Ce qui ni votre maman, ni votre copain ou copine ne peuvent vous dire. Préciser à la réservation votre Indice de Susceptibilité. Pour une somme plus modique, vous pouvez vous rabattre sur l'option Entretien Complaisant.

ARTISTE ÉPISTOLIER

Correspondez avec un artiste : une lettre personnelle chaque mois, où l'artiste répond à vos questions existentielles tout en vous tenant au courant de ses affres créatives comme si vous y étiez.

ARTISTE ARTISTIQUEMENT CORRECT

Prix élevé justifié, car labellisé par les instances légitimes de pouvoir artistique. Pourra briller et vous faire briller partout où vous l'emmènerez. Ce modèle d'artiste ne demande pas, pour l'employer, de connaissances artistiques particulières. Votre réussite sociale et son tarif authentifieront ses partis pris culturels et les vôtres.

ARTISTE MAUDIT

Faites faire votre ménage par un artiste en lui faisant bien comprendre que ce qu'il fait ou pense ne vous intéresse pas, mais alors pas du tout.

LE MARCHÉDLAR

Dans le nombre incalculable d'espèces de mouches d'art répertoriées jusque-là, la mouche Grand-Artiste-International appartient au genre des « photophiles », attirées par certaines sortes de lumières. Notamment les lumières émises par de grosses mouches comme le « Grand-Critique-Influent, le « Curator-International », le « Businessman-International » (avec son sous-genre, le « Grand-Collectionneur-International ») Toutes ces grosses mouches, quoique évoluant sur des terrains différents, vivent en symbiose et ont besoin les unes des autres. Les bruits de fond ou les appels ponctuels qu'elles émettent ont des longueurs d'onde qui orientent à coup sûr le vol du Grand-Artiste-International et le font produire des œuvres dont la caractéristique principale ne sera pas d'être vue, mais de faire parler, de créer une rumeur qui va attirer, en plus des grosses mouches essentielles à son existence, d'autres mouches plus petites, dites de la Classe Moyenne Cultivée. Celles-ci, à l'appel des grosses mouches qui émettent de puissantes ondes de désir au moyen de leur surface médiatique, se rassembleront alors en colonnes devant et à l'intérieur de tumulus appelés « musée » ou « centre d'art contemporain » ou « foire » ou « fondation ». Plus les Grands-Artistes-Internationaux parviennent à attirer l'attention de grosses et petites mouches, et plus les ondes de désir s'amplifient autour d'eux. Par cycle, des mouches dominantes vieillissantes sont remplacées par des plus jeunes, et renouvellent cet écosystème qu'on appelle « marchédlar ».

POURQUOI DE L'ART
PLUTÔT QUE RIEN ?

Ces jours-ci, j'ai fait mieux que Malevitch et sa fameuse peinture « Carré blanc sur fond blanc ». Lui, c'était en 1918. C'est de l'art, ça ? « C'est n'importe quoi » fulminaient déjà à l'époque des gens de pouvoir raisonnables, ce genre de personnes sérieuses qui ont eu par ailleurs plein de bonnes raisons d'organiser la tuerie de quelques millions de leurs concitoyens. C'était en 1918 comme Malevitch, et en 14, en 15, en 16, en 17. Dans le n'importe quoi, je penche plutôt du côté de Malevitch. Un carré blanc sur fond blanc n'a jamais fait de mal à personne.

J'ai aussi fait mieux que tous ces artistes qui, avec des démarches diverses, ont installé au cœur de l'histoire de l'art du XXe siècle d'autres œuvres radicales telles que des monochromes noir, blanc, bleu… J'ai fait même mieux que Yves Klein qui a exposé le vide dans une galerie, signé le ciel, etc… Je cite toutes ces actions de mémoire mais j'ai la flemme d'en vérifier l'exactitude dans des encyclopédies.

Qu'est-ce que j'ai fait de mieux au fait ? Eh bien, je n'ai rien fait, et surtout je n'en ai parlé à personne. Et surtout encore, je n'ai pas bâti de théorie autour de ma non-action. Et enfin, tout ça est resté complètement gratuit. Dès à présent, écrivant ces lignes, je suis sur la pente descendante, je commence à alourdir, à corrompre ma splendide non-action, je n'ai pas pu tenir longtemps, je n'ai pas l'envergure, je ne gaspille même pas mon talent, je n'ai pas de talent pour ne rien faire. Parce que dès que je ne fais rien, même si je n'ai rien à dire ni rien à faire, je fais quand même quelque chose : je me sens mal. Pourtant, ayant eu la chance de naître en France dans la deuxième partie du XXe siècle, dans la classe moyenne, j'arrive sans énormes efforts à me nourrir, me loger, me soigner, me déplacer…

Honnêtement, la vie est plus facile que si j'étais né en Auvergne au temps de Gaspard des montagnes, si j'avais eu 20 ans à Verdun en 1916, que si j'étais né au Darfour ou dans une province oubliée de Chine, dans un ghetto aux États-Unis, dans la jungle colombienne, en Tchétchénie, que sais-je encore. Je devrais avoir honte d'avoir une vie aussi facile. D'ailleurs, j'écoute souvent des hommes politiques, des grands patrons efficaces me sermonner, m'accuser d'être un français frileux, paresseux, assis sur ses avantages acquis, qui ne travaille pas 70 heures comme un paysan chinois transplanté en ville pour fabriquer des jouets en plastique par millions qui finiront quelques mois plus tard sur le trottoir pour le ramassage des encombrants. Qui me font honte de ne pas être un éleveur de bovins écrasé de travail pour produire dans la souffrance, la sienne, celle de ses bêtes, et celle du sol et de l'air saturé de pollutions, de quoi soutenir l'obésité des populations qui les écoutent sur leur poste de télé entre deux actus people. Bon, là, je digresse, quel rapport avec la peinture, avec l'art ? Quand je fais quelque chose d'artistique, ou qui veut l'être, je culpabilise parfois : quoi, je ne suis pas là présentement en train d'inventer l'art du 21ᵉ siècle ? Je ne suis pas en train de préparer trois expositions tout en postulant à cinq salons et dix concours. Et mon réseau de relations, je le cultive ou quoi ? Et dans la presse, et sur internet, parmi les milliers d'artistes qui se bousculent, ouh ouh, je suis là moi aussi. Et la pression monte, entre les artistes haut de gamme, moyenne gamme et jusqu'aux low cost, toute cette production d'œuvres originales en batterie qui alimentent le circuit des marchands d'art casseurs de prix pour mettre l'art à-la-portée-d'tous. Fondation Cartier ? Galerie du Faubourg ? Art hard discount ? C'est ça le choix ? Stop. Pourquoi je suis artiste au fait ? Pour produire de l'art, de la marchandise artistique pour le marché de l'art ? Eh ben non.

Franchement, je traîne des pieds pour ça. Envie de percer ? Percer quoi ? En plus, j'ai passé le cap de la cinquantaine, ça y est, je suis dans la catégorie des seniors, si j'étais un cadre moyen (un cadre artistique moyen ?) la porte de sortie ne serait pas loin. Et justement, je ne suis pas un cadre dans une grande entreprise d'art, avec sa culture d'entreprise, ses parts de marché, son conseil d'administration, sa DRH, son bilan, ses ratios, son cash-flow, ses actionnaires… Non, je suis tout seul comme un fétu dans les remous de l'économie mondialisée, et j'essaie plutôt de ne pas me faire remarquer des fois qu'on voudrait me rééduquer. Comment j'arrive à vivre, et surtout à faire de l'art dans tout ça ?

Première épate, pardon, faute de frappe, première étape : ne rien faire, s'arrêter et réfléchir.

Regarder ce que j'ai déjà fait, constater les dégâts : beaucoup de choses inutiles, d'efforts vains, mais, de temps en temps, quelque chose de sensible, voire d'humain. Tout n'est pas perdu. Les trucs d'art que j'ai pu produire, des tableaux, des écrits, des idées en l'air, des choses plus ou moins définies, n'ont pas changé la face du monde, mais que celui qui n'a jamais… pas-changé-la-face-du-monde… me jette la première pierre.

Je regarde aussi ce que de grands artistes ont réalisé : souvent, je leur trouve un gros défaut. Ils sont les seuls à engendrer chez moi un sentiment très vilain : l'envie. L'envie devant leur pouvoir de faire naître chez moi des émotions au-delà des mots, de la connaissance, de l'explicable. Et ces artistes qui me touchent, souvent ça ne leur rapporte rien directement. Soit ils sont morts depuis longtemps, soit j'ai dépensé quelques euros pour voir, lire ou entendre une œuvre qu'ils ont créée sans aucun souci de marché, ni pour parader ou exercer un pouvoir sur moi. Ce qu'ils m'apportent est sans commune mesure avec l'échange économique qu'il a pu y avoir entre nous. Peut-être que l'économie n'est pas la mesure de tout dans la condition humaine ?

Je regarde le Carré blanc sur fond blanc. Comme ce tableau célèbre coûte très cher, et qu'il n'est pas à vendre, et qu'il se trouve dans je ne sais même pas quel musée, je m'en suis refait un de tête. Ça marche quand même. Il me fait sourire, il me fait réfléchir, il me fait rêver. Je regarde un tableau de Patinir, un paysage imaginaire d'un peintre flamand du XVe siècle, beau au-delà des mots. Et pour d'autres raisons, il me transporte aussi. Celui-là, je ne le connais qu'en reproduction. Je l'aime quand même. Il existe quelque part, un jour je le verrai peut-être.

Tout bien réfléchi, même quand je me sens vide, écrasé par la concurrence et l'hyperactivité qui trépide autour de moi, quand je cherche quel don j'ai et que je doute, je remarque qu'il y a plein d'art partout déjà tout fait, qui ne demande qu'à me parler. J'écoute et je regarde bien, au-delà ce qu'on me serine de cette vie d'achats et de ventes, de temps de travail et de parts de marché, de propriété et de vol, d'obéissance et de pouvoir, de beau et de pas beau. Tout ça, c'est rien, c'est pas grave.

Il existe aussi ce droit de faire de l'art, gratuit, sans se presser, sans jouer des coudes, sans faire joli, sans faire moche. Je ne sais pas toujours à quoi ça peut ressembler, mais j'y pense et franchement, rien que d'y penser, ça me va. Au fond, je ne suis pas un productif producteur d'objets artistiques faits à la main, je suis simplement un artiste, c'est ça le truc. Et de ce fait, même sans faire d'art, je me sens libre. C'est injuste pour ceux qui bossent, mais tout le monde a le droit d'essayer.

AUCUNE AMBITION

On nous parle tellement d'économie tout le temps. L'économie, oui, c'est vrai, ça irrigue toutes nos activités en société, même l'art. Mais moi, je trouve que les financiers, les banquiers, le tout-venant des hommes d'affaires, ils ne m'expliquent pas assez bien.

Et dans ma vie d'artiste, à force d'entendre parler de gros sous, je ne sais plus où j'en suis. Alors j'observe comment ils font dans les autres professions. Par exemple, je m'imagine : paysan. C'est un fantasme raisonnable. J'ai une haute idée de moi-même et je suppute que spontanément, je n'aurais pas envie de produire des produits de mauvaise qualité gustative, dans des conditions de travail épuisantes, vendus à vil prix, en m'endettant à mort, en sous-payant mes employés, en polluant les sols et l'air, en surproduisant pour détruire ensuite les excédents, en martyrisant des bêtes dans des élevages dantesques. Je n'aurais pas envie d'être subventionné pour ça, en faisant une concurrence déloyale aux agriculteurs du tiers-monde, et que ça ait en plus des conséquences néfastes pour ma santé et celle des autres. Pas trop envie.

Sauf si on me dit que c'est le progrès, bien sûr. Ou que je dois le faire pour des raisons é-co-no-miques. Là, je n'aurai plus qu'à fermer mon bec. Laisse parler les spécialistes. Mais je rêve et je vais jusqu'à imaginer que, techniquement, c'est possible pour un paysan de produire avec fierté de la nourriture de qualité en quantité, pour un prix raisonnable. Il y a même des paysans qui ont commencé. Mais ceux-là ne sont pas de vrais « exploitants agricoles », ils ne se rendent pas compte : ils rabiotent sur les pesticides, les antibiotiques, les transports, les emballages, la publicité, le marché de la décontamination des sols et celui du mal de vivre. Ils rabiotent sur tout. Beaucoup d'emplois en moins. Avec eux, on finira par licencier les intermittents du spectacle qui jouent les vieux paysans à moustache et casquette dans les clips publicitaires de l'agro-industrie.

Voilà. Je n'ai rien compris à l'économie, et c'est pour ça que je ne ferai jamais carrière dans l'art. Quoi ? Je veux rester artiste toute ma vie, au lieu de devenir un exploitant d'art comme il y a des exploitants agricoles. Aucune ambition ce mec. Ce n'est pas comme ça que la France va s'en sortir dans la mondialisation.

PAS DRÔLE

Quand on donne la vie à un bébé, on lui donne aussi la mort. Même si ce n'est pas pour tout de suite.

AMPUTÉS DE MAISON

Dans la rue, dans le métro, chaque passant sous la protection de son manteau, armé de son sac, avance d'un pas dégagé, le regard attentif, lointain, mobile, pour toujours esquiver l'éventuelle menace d'un autre regard. L'insécurité d'être hors de sa maison est sans cesse rappelée par les sans domicile fixe sur les bords des trottoirs, des couloirs, comme des algues ou des objets usagés rejetés par une inondation. Parfois la voix d'un blessé, d'un amputé de sa maison s'élève et gêne. Chacun tient plus fort son sac, certains abandonnent une pièce de monnaie, chacun a bien ses clés dans sa poche sauf ce mutilé-là qui se noie devant nous.

On fait de très bonnes émissions
sur la misère à la télé. Mais que c'est pénible
tous ces gens qui font la manche dans le métro.

HUMANISTE

2 juillet. Un clochard est chassé à coups de jets d'eau et de produits détergents de l'abribus où il s'est installé depuis quelques jours.

En me promenant avec ma femme et mes enfants (petits : deux et cinq ans), je remarque d'abord le petit camion-citerne pimpant qui balance ses jets haute-pression sur l'abribus : « -- Les enfants, regardez le camion ! » Je ne vois le clochard qu'après. Assis sur le banc, entouré d'une bouteille de soda, de quignons de pain, de débris divers. Il porte un paletot graisseux, des vieilles tennis… Devant lui, quelque chose que j'ai pris pour une serpillière mais c'est son pantalon. On aperçoit d'ailleurs ses jambes nues sous son paletot.

Les employés de la société de nettoyage tournent autour de l'abribus avec leurs jets et le clochard se pousse vaguement de droite et de gauche. Puis il se décide à partir et les jets finissent de balayer son campement, repoussent son pantalon dans le caniveau. Deux policiers, propres sur leur scooter, s'approchent de lui, lui parlent, le laissent aller. Ma femme me dit : « - Il faut faire quelque chose. » Moi, propret, avec mes deux enfants proprets : « - Quoi faire ? »

Quoi faire devant cette scène d'un homme balayé du bout d'une lance à eau par des employés qui se bouchent le nez, un homme puant, hébété, à moitié nu. Vue à la télé, la misère, on compatit. La cruauté, on s'indigne. Là, c'était trop cru, trop près. Je me suis dit : il doit y avoir des organismes pour s'occuper d'eux. Parce que j'ai un bon fond humaniste, ça j'en suis sûr.

INFORMATIONS ENFANTINES

1992, fait divers, région Île-de-France. Un bébé de trois mois frappé par son père excédé par ses cris, survit. On le croit d'abord aveugle, puis on s'aperçoit qu'il est désormais privé de toute fonction mentale ou motrice.

1993, reportage, Colombie. Un enfant de quatre ans porte des briques dix heures par jour dans une briqueterie. La photo dans le journal est émouvante.

1994, fait divers, région Île-de-France. A 18 mois, il passe toute la journée dans les bras de son père auprès de sa maman que celui-ci vient d'assassiner d'un grand nombre de coups de couteau. L'institutrice garde ses frères et sœurs à l'école, le service social va s'occuper de la famille.

Rue du Havre près de la gare Saint-Lazare : un homme assis au coin d'un immeuble claque des dents. À côté de lui, son fils de 8 ou 10 ans, figé dans le froid, triste, complètement triste. La neige est boue, les gens passent, modérément tristes, affairés. Le temps des soldes.

1995, vu à la télé. Un documentaire sur le vol des yeux à des enfants des rues, au profit de cliniques ophtalmologiques.

Le nombre d'enfants tués en ex-Yougoslavie, au Rwanda, ou en d'autres lieux n'existant pas à la télé, tués en raison de l'action ou de l'inaction d'hommes politiques extrêmement actifs par ailleurs sur le plan de la lutte pour le pouvoir, excède largement le nombre d'enfants tués sur la route par des hommes ordinaires pressés. Le nombre des enfants tués par des pervers, hors de toutes considérations politique ou automobile, est quant à lui très en-deçà de ces résultats.

POÈTES À POIL ET AVEC GROS SABOTS

NOTES DE SERVICE
EN VERS

Comme l'alcoolisme, le poétisme est difficile à soigner. Après une cure de désintoxication, un seul vers suffit à réintoxiquer le poète.

Cata - strophes :
poème désastreux

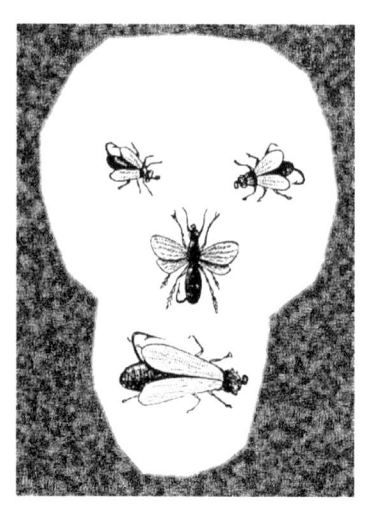

TÊTE DE MOUCHE

Aux petites mouches moches qu'on écrase méchamment pour se venger d'être aussi moche et plus méchant.

Infime envie de comprendre, bousculée par un courant d'air, piétinée par le cri, le crissement d'une mouche écrasée.

Mouche écrasée qui comprend, au lent instant de son écrasement, l'inutilité d'être là ou pas là.

Le temps qui passe, sans désir, sans bruit, sans mouche qui vole.

Le vacarme de l'ennui voisine avec le vide et le vide est vide et sans prise et revient à l'ennui après s'être cognée cent fois la tête contre la vitre, et l'ennui écrase la mouche, l'écrase encore, encore, mal à la tête de la mouche.

METS TA MÉTAPHYSIQUE, TU VAS PRENDRE FROID

La douleur et le plaisir, tristesse, impuissance, angoisse. Pouvoir, joie, force. Pot-au-feu. Et aussi bœuf aux carottes. Qui n'aime pas ? Et faire l'amour avec un peu de cinéma, voyager mais pas trop, bien dormir, aimer et être aimé. C'est pourtant simple, mais où se trouve le mode d'emploi ?

DOUBLE-SENS

Un homme seul, le soir, le bonheur fou, normal, d'un homme dans un train qui vient d'une petite ville, au visage fatigué, mais qui aime et se sait aimé, l'effroi tout simple de penser être rien qu'un homme sans énorme courage, vraiment seul, certain souvenir inquiet, mais vivant qu'il faut vite écraser, des quand même, même au bord de phrases qui se suivent en titubant, l'insécurité qui talonne chaque vivant au pas d'un voyageur dans le train, des enfants mortels, mais vivants, et allant de wagon en wagon, avec la peur, heureux, aussi, du plaisir de la chair, au passage de chaque soufflet, le plaisir de penser et l'effort de ne pas penser.

ROSE

Regarde, c'est facile : tu mets du rose. Du rouge partout. Parce que tu es là, tu mets du rose, du rouge sur des images, du rose sur des pensées, et tu déchires jusqu'au rouge pour le percer le rose, le mettre à mal ce rouge-là, si incisif sur les fautes, qui les souligne et qui les barre. Ce rose tout rouge aussi comme le genou d'un môme tendre, écorché, joueur, un genou qui se plie, se détend, saigne, s'irrite, pique, se fait panser, ne pas penser, voir rose, que rouge, tout cacher en rose, c'est facile, c'est rouge, le rose.

TUEUR D'ENFANTS

Poésie.

Poésie effacée.

Poésie effacée en pensant aux enfants vidés de leur enfance par le temps qui passe, temps tueur d'enfants…

LITANIE

À la force d'inertie qui fait pousser les poils de barbe après la mort et

Aux mots que je savoure comme des chocolats fins,

À la radio niaise qui charrie, et qui charrie ses clichés, clichés poisseux oiseux sans eau ni aile,

Au son des mots aussi comme des peaux de bananes où le sens glisse, au silence désiré qui m'effraie,

À ma place infime dans le monde sauf pour deux petits garçons, trois et cinq ans, qui me demandent d'être un héros, le temps de grandir.

MONT - SAINT - MICHEL

L'érection de l'abbaye irrite l'architecte, et l'ascèse molle de son portier le déconcerte. Le tocsin des frères, quand il frappe les murs, terrorise les fillettes du catéchisme. Tout va mal, et même l'affluent flou embarrasse le géographe qui rate sa carte. Tout va mal au Mont-Saint-Michel.

POÉSIE AVEC VERS

Quand tu vas lire ces mots, tu auras mal au ventre. Pas tout de suite, tout à l'heure. Des mots, ces mots-là, justement que tu lis.

Ces mots-là filent dans ton crâne, s'y tortillent, inattentif, pas assez méfiant ton crâne, aïe.

Ces mots-là dans ta tête descendent, descendent, s'y tortillent, dans ton ventre, tout à l'heure, bientôt, presque.

Ces mots-là, dépêche-toi de lire, va vite, ces mots-là grouillent, descendent comme des vers.

Ces mots-là, vite, dans ton ventre, de ta tête à ton ventre, être humain quelconque, des vers.

HAÏKUS

AUTOMNE

Le bourdonnement agaçant de la mouche
La torpeur étouffante de l'après-midi
me manquent

Hier la chaleur accablante
L'envie d'eau fraîche
Aujourd'hui le parapluie

Secoué par le vent
Le vieux tilleul
garde-t-il son calme ?

Le temps est gris
Je me sens gris aussi
Les nuages me regardent de haut

MATIN

Ma bouilloire chante
Dehors une mésange aussi
Chacune à sa place

Le jour se lève
Moi aussi
Mon ombre aussi

LA RENTREE

Les cahiers neufs
Les bonnes résolutions
Juste avant la routine.

Tongs et bermudas
Rangés
S'habiller redevient sérieux

105

STEXTES

*Même les gens qui ne s'intéressent
pas au sexe en ont un.*

STEXTE

La vie-l'amour-la mort. Le sexe donne la vie, gratuit. Invite à l'amour, gratuit. Le sexe donne parfois aussi la mort, gratuit aussi. Le sexe en donnant la vie remplace les morts. Pratique. En donnant la vie, prépare les vivants qui vont survivre à notre mort. Efficace. Le sexe fait du neuf avec du vieux. La vie-l'amour-la mort, le sexe est là, est toujours là, en tête du train, de la vie à la mort, locomotive et tunnel, avec plaisir, avec amour ; mais parfois sans plaisir, sans amour, tout faux ; d'autres fois avec plaisir, mais sans amour, tout fric ; avec amour, mais sans plaisir, alors amour mou, sainte-nitouche ; ou peut-être que le sexe est surtout un gros petit cochon tendre, qui aime être tendre, et en même temps être cochon.

LA FACE CACHÉE

À la carte, choisis :

Quart de folie. Méchancetés. Haine de la beauté.

Exaltation du désir. Convoitise inavouable, regard en arrière, de biais, sur ton voisin bon et raisonnable.

Questions répétées, écrites et ressassées ici, au maître d'hôtel diabolique, tentatives de penser le contraire, de commander le mauvais mal mauvais pour l'affronter, l'écraser, du pied, et puis de la tête.

BON APPÉTIT

La colonne vertébrale exquisément tendue par le désir. La tendresse géométrique et musclée.

L'enchaînement des mots blancs parce que jamais dits, jamais sortis hors de ma bouche,

Ma bouche qui ne sait plus que mordre et lécher ma chérie, inachevée

Par le désordre et le venin du souvenir, oh que les mots sont faciles, dociles pour mentir et coucher

Un corps, la chair qu'on caresse avant de la dévorer.

LIAISON MÉTRO

D'une femme dans le métro, il ne voit que les bouts : les doigts, les pieds, la tête. La tête comme une coquille à prendre où il imagine les creux, les vides où il pourrait nicher sa pensée entre les circonvolutions de l'autre, de l'inconnue qu'elle est. Il joue avec sa tête en y calant ses idées étrangères, et au hasard de ses hésitations, attend, guette une attente d'elle, juste pour jouer, c'est le métro qui veut ça, les sentiments qui montent et qui descendent, l'attente d'une correspondance.

CULPABILITÉ (LA)

La culpabilité. Un bonhomme perclus de culpabilité. Pas un bonhomme de neige. Des désirs bègues et chauds qui sifflent à mes oreilles et en frisent les bouts. Un homme au xese agité, contorxionné, exes dans les méandres de sa rose masse cervicale. Affreux remords de n'avoir commis aucun acte coupable, soulagement d'être innocent, dégoût de désirer encore se pervertir. Culpabilité, cul, palpabilité, bègue désir imprononçable et drôle au fond, tout au fond, le bonhomme, la neige, la maladie qui glace, l'entortillement indénouable des pulsions, des répulsions.

LA MATIÈRE PREMIÈRE

Elle est chaude, elle vient toujours la première, palpitante et appétissante,

La Matière Première : c'est toi ?

Elle te coûte de l'argent mais elle donne tout, ce n'est qu'un jeu,

La Matière Première : toi qui fais ça ?

Quelque chose qui se dresse et sourit de toutes ses dents et s'ouvre, aspire, convoite la Matière Première

Elle et il

Pudique, obscur et hypocrite désir.

Du même auteur, de la même hauteur :

L'ENCYCLOPEDIA VEESKA

Comprendre le vrai sens des mots, devenir un brillant causeur, passer plus de temps à lire aux toilettes : voici tout ce que vous permet L'Encyclopédia Veeska. Oubliez les grosses encyclopédies avec leurs milliers de mots intimidants, adoptez cet ouvrage simple pour les vraies gens. Celui-là, vous pouvez le consommer en entier avec ses 37 illustrations, ses 834 définitions à peu près et ses 18970 mots sélectionnés parmi les meilleurs. Aucun gaspillage, de la qualité incontrôlée par un professionnel dépendant. Et, cirrhose sur le gâteau, le droit au bonheur avec un supplément d'âme pour tout achat au comptant dans le respect de l'environnement du commerce équitable. Parce que vous l'avalez bien.

Cet ouvrage fournit au lecteur des réponses claires (ou presque) à ses interrogations historiques, métaphysiques, lexicographiques, culinaires, ou simplement pratiques :

Arrrrrogant : qui ne manque pas d'r.

Blues : le meuglement de vache produit un son mélancolique qu'on appelle le blues de vache.

Cul : partie du corps qui prend beaucoup de place dans la tête.

Deorr aabeéhilpqtu : ordre alphabétique appliqué à lui-même.

Economie : quand on habite dans une cave, c'est facile de faire des économies. Parce que c'est plus difficile de jeter l'argent par les fenêtres.

Freudaines : on raconte des freudaines à son psychanalyste.

Guéguerre : quand on n'autorise la carrière militaire qu'aux bègues, à la place de guerres, on n'a que des guéguerres.

Humiliation : vilaine tache sur l'amour-propre.

Idée cadeau écolo et pas chère : offrir une minute de silence.

Jolie momie : l'étape qui suit le temps où l'on a été une jolie môme.

Libération des mœurs : n'a pas aboli l'esclavage des sens.

Mots Croisés : mots partant à la Reconquête de Jérusalem.

Nécécité : quand c'est nécessaire de fermer les yeux.

Omltt : on peut faire une omltt sans caser des e.

Points de suspension : très utile si écrire vous secoue trop.

Respectabilité : mot douteux.

Salarié : avoir le labeur, et l'argent du labeur.

Terrorisme : met la tyrannie à la portée des apprentis tyrans ne disposant pas d'un Etat.

Vœu pieu : envie d'emmener une personne séduisante au pieu.

Zola : connu comme inventeur du J'accuzzi.

On peut vivre sans connaître L'Encyclopédia Veeska, mais c'est moins drôle.

HOMME ET FEMME À LA RECHERCHE DU SENS DE LA VIE